图书在版编目(CIP)数据

迎着光往上游／宁慧平著．—西安：陕西人民出版社，2021.2

ISBN 978-7-224-14002-6

Ⅰ.①迎… Ⅱ.①宁… Ⅲ.①纪实小说—中国—当代
Ⅳ.①I247.5

中国版本图书馆CIP数据核字(2021)第033099号

总 策 划：宋亚萍　李晓锋
策划编辑：梁彩虹
责任编辑：姜　宁　杨金娥
封面设计：姚肖朋

迎着光往上游

作　　者　宁慧平
出版发行　陕西新华出版传媒集团　陕西人民出版社
　　　　　（西安北大街147号　邮编：710003）
印　　刷　陕西中实艺术印务有限公司
开　　本　787mm×1092mm　1/16
印　　张　8.25
字　　数　124千字
版　　次　2021年2月第1版
印　　次　2021年2月第1次印刷
书　　号　ISBN 978-7-224-14002-6
定　　价　29.00元

YingZheGuang
WangShangYou

迎着光往上游

宁慧平
著

陕西新华出版传媒集团
陕 西 人 民 出 版 社

目录

引言

王亮被北京大学录取了！

这个消息，如同长了脚的风，呼啦啦地传遍这座西北的城市，一时间，赞叹、惊讶、羡慕、妒忌，纷纷而来。

8 月 16 日，那是一个令王亮终生难忘的日子。他拿到了心仪的大学录取通知书。回望来路，从一个有唇裂、浑身疱疹的弃婴，到乡村小学借读，再到城市学校的初中和高中就学，直至拿到心仪的大学录取通知书；从一个打架、逃学，成绩倒数，严重违反校规的后进学生，到知礼、懂事、助人、好学的优秀学生，王亮究竟经历了什么？

每一个人都不是一座孤岛。每个少年儿童的未来与命运都与整个社会环境、时代精神、国家命运、人类文明的“大世界”息息相关，对于少年儿童，我们每个成年人的社会责任是什么？

小说里的人物，有你，有我，也有他。若是你的眼风微微拂过它，请你拿起这本书，摒弃喧嚣，听我慢慢道来……

第一章 偶遇闫文华

夜，浓重得像泼洒的墨汁一般，手里的火把也只能照亮眼前一点儿路，黑郁郁的森林里，俨然潜伏着千万头怪兽，随时要将他吃掉。王亮和爸爸铆足劲儿跑着，火把即将燃尽，爸爸一转弯不见了，周围的林木排山倒海般地向他碾压过来，他的身子山一般沉重，仿佛被捆绑住了似的……“爸爸救命！”“救命呀！”“爸爸！”王亮从噩梦中突然惊醒，他用手摸到了褥子，才发现自己在床上，一身的冷汗，不住地打着冷战。

“爸爸！”“爸爸！”

他边从床上起来，边叫着父亲。窝棚内已不见王国平的人影，一定是早早捡拾废品去了。他只好懒洋洋地偎上床睡回笼觉。

此刻，应该快到黎明时分。

城市还在酣睡中，月亮真好，明晃晃，照得世界成了半透明似的。春风好像无家可归的流浪者，在无人的街巷游荡着。王国平已来到了汉江边，江边的灯光很有情调地一半照在江面，一半照在路面。江面如同许多薄玻璃片儿，在路灯的照射下，不时地闪出微弱的亮光。夜真是寂静，江边空旷无人，春风摇过江边的柳树，江边道路上就有斑驳的影子在晃动。

王国平无暇在意美丽的江景，他专注地在路边的垃圾箱里东翻西找，拖着大大的蛇皮袋，里面装着他的宝贝，废纸板、空瓶、旧塑料……

高墙外川流不息的喧闹声把王亮吵醒了。他家的小窝棚搭在一座高楼后墙下的一个犄角旮旯处，是他们用从建筑物的废墟上捡来的木头、油毡和从垃圾堆里捡来的塑料薄膜，以及纸箱板等材料搭建而成的。白天，当明亮的阳光把高楼照得更加华贵时，小窝棚看上去，就像是一大堆垃圾。

他们从城东搬到城西已经半年多了。在这座城市待了八年多，他们始终生活在这座城市的边缘，城市中心对王亮来说，是可望不可即的，是羡慕又恐慌的。他只有在小窝棚的周围才能感受到安全，除此之外的地方，都会让他显得局促不安，胆怯和小心翼翼。在小窝棚里，他就是齐天大圣，上蹿下跳，念念有词，几乎没有安宁的时候。

每当他笨拙地站在大街上，或呆头呆脑地混在人流中时，本来就生得瘦小的他，更想把自己缩成一团，最好别人看不到他。那种隐隐约约却紧追不舍的自卑感、畏惧感，如同绳索一样，始终紧勒着他。

他从倒扣的碗下取出一个馍，转到窝棚外，大口地吃起来。不远处有两只猫同时发现了一块什么食物，抢夺起来，并在喉咙里呼噜着，各自警告着对方。紧接着，两只猫几乎同时扑向对方，撕咬起来，不时地发出凄厉的尖叫声……

稍远处的街道，传来一群少年男女的嬉闹声。王亮迅速窜出高楼后面的墙，奔向街道。

十字路口。

这里是西三环与背街的交会处，有两路公共汽车、各样的大小货车经过，整日里车水马龙，川流不息。

东西马路的一侧，有一块稍大的空地，云集了从附近乡镇打短工的人流。有男有女，有老有少，这里凑成小群，那里扎成一堆。再向东几百米，有所小学校。在王亮的眼里，这所小学校就是个百宝箱，而这个百宝箱他连边都碰不上。此时正是放学时段，孩子们三三两两，说笑着，打闹着。王亮靠在墙角的树边，用手中的小玩具逗着树上的蚂蚁玩儿。只有当这些孩子从他面前走过，他快速地抬起头来，望着他们的背影时，才能发现他满眼的渴望和羡慕。

四周一片嘈杂声，打短工的人三五成群，或蹲坐在花坛边上，或交叉着双腿倚在树上，或坐在摩托车、电瓶车的座上。尽管在城乡接合区域，他们和城里人一眼就能明确地区分开来。王亮特别喜欢看人，尤其是看那些活蹦乱跳、衣着鲜艳、走路能走出一阵风的学生们。他还愿意呼吸马路上带着尘土的气味，或者坐在街道花坛让人忽视的边角，让阳光透过树叶儿，晒出后颈上一层薄薄的汗。

学生们都走光了，王亮东看看，西瞅瞅，溜达累了，他又回到墙角的那棵树旁边坐下来，玩着手里的小草龙。

突然传来一声“有铺地板砖的吗?”王亮抬起头，只见一个戴眼镜的中年人正在路边扯着嗓子问。

那人话音刚落，呼啦一下拥上十几个人来：

“铺!”

“铺!”

“我们是专门铺地板砖的!”

那人问：“价钱多少?”

“价钱好说。”

“不会跟人瞎要价的。”

一个中年人，一把拉住那人的手：“走呀，师傅，我跟你到家瞧瞧再谈价行不?”那样子，好像来人是专门冲着他来的。

又有好几个泥水匠，向那个眼镜男显出更大的热情。

他们紧紧围着那个眼镜男，都不屈不挠，仿佛那个眼镜男跟他们每个人都会派下铺地板砖的活儿似的。

围上去的人七嘴八舌，那人一挥手，冲出包围圈，大声道：“别急，别急，一个一个说，我只要两个人。”

那人一回头，无意间看到王亮手中玩的草龙，顿时眼神露出惊喜，走到王亮跟前说：“小孩，让叔叔看下你手上的东西。”

王亮正独自玩得高兴，猛然被走到眼前的眼镜男吓了一跳，忙将小草龙递给了他。

眼镜男拿起小草龙仔细研究起来，他一会儿把小草龙举到眼前对着阳光照，一会儿拿着小草龙的脚在手里游动，嘴里连连赞叹：“编得好呀！编得好！”

泥水匠们又围了上来，眼镜男的注意力全在小草龙身上，烦躁地对一圈泥水匠说：“我先打听打听，给单位做活儿哩，等决定装，我再找你们。”说完，继续头也不抬地研究起了手中的小草龙。

弦绷得紧紧的泥水匠们，一下子泄了气：

“这个——四眼！”

又见眼镜男没走，立马闭上了嘴，或许过两天他真给活儿哩。

“瞎耽误工夫。”一个小伙子倒是没有耐心，不管不顾地嘟囔着。

其余的泥水工，顾忌着那人没有走，就没有多言语，却是一脸的气恼。

他们的身边很快围了一圈人，人们打问着，仿佛是拾了个宝。

一位老年人很快从圈里拨拉着往出走，禁不住扑哧一声笑：“以为什么宝贝呢，弄了半天一个草蛇子玩意儿，有啥稀奇的。”

“城里人，没见过啥。”

“这个人肯定是城里的土鳖。”

“草蛇子当成了宝，没见过啥。”

“打牌，打牌。”

众人一哄而散，三五成群，编派着笑话……

王亮像一头受了惊想逃窜又不能逃窜的小兽，紧张地看着眼镜叔叔。

眼镜叔叔的注意力好一会儿才从小草龙身上转移到王亮身上。当他抬起头看着眼前的孩子，又有些许的吃惊。

这个孩子又瘦又小，脸色黄兮兮的，上唇有道明显的裂沟，也就是人们常说的“兔唇”。孩子一看眼镜叔叔看他，立马用手挡在嘴前，睁着无辜的大眼睛看了他一眼，马上就低下头来。他眼眸深处驻着不肯离去的忧郁，大概与“兔唇”有点儿关系。

眼镜叔叔温和的目光，在他脸颊上抚摩着。他仿佛听到了叔叔的心里正在说：“别怕，孩子!”叔叔的眼神，让他心里感到安稳。

沉默了一会儿，眼镜叔叔搂住他，满脸和蔼地问道：“孩子，这小草龙是谁给你的?”

“我爸爸给的。”小孩子说话瓮瓮的，像个漏气的沙袋。

“你爸爸从哪里来的，你知道谁编的吗?”

“我爸爸编的。”

“你爸爸编的，你爸爸在哪里?”

王亮低下了头，两只手互搓着，不肯回答。

见孩子不肯作声，眼镜男的声音更和气了：“孩子，我叫闫文华，你可以叫我闫叔叔。”

“孩子，你爸爸叫什么名字?”

“你叫什么名字？你家住哪儿?”

“他爸爸和你一样，也是个四眼，是个收破烂的。”一个站在他们旁边斜倚着树干等活儿的人，大着嗓门儿插了一句。

周围人哄然大笑，有人打趣道：“快带这个眼镜找你四眼爸，说不定是什么亲戚，都戴着眼镜呢。”

“你交好运了，这个眼镜可是百万富翁呀!”

…………

王亮头更低了，呼哧呼哧地喘息着，吸气出气，都变得急促和沉重。

闫文华一把拉起王亮，面对着他，微笑地说：“孩子，别怕，别听这些人乱说。我在文化站工作，离这里不远，转过街，就在学校的后面。”

他看王亮木讷地杵着，眼神四处躲闪，索性站起来，拉着他说：

“走，到闫叔叔那里坐一会儿。”

王亮壮了壮胆抬起头来。他眼前是个和爸爸一样戴着眼镜，温和、文静的面孔。他默默地望着闫文华，虽然有些搞不清楚，想不明白，困惑、迷惘、害怕，可闫文华眼里的柔和、怜惜，却都映到他的心里。他朝闫文华笑了笑，但他不知道他这么笑究竟是什么意思，只是觉得眼前这个人关心他，自己应该笑一笑。从记事起，除了爸爸和老中医爷爷，没有人这么尊重他、同情他。

他拉着闫文华的手：“叔叔，我和你走。”

“豁嘴，文化站可有大门，进去，就出不来了。”

“豁嘴，小心是人贩子哟！”

“哈哈哈……”

“你们胡嘟囔什么？有个正形吗！”

这些人在无聊的心境里，说这样的话，充满了无聊的兴奋和快意。见领头的人发了话，便掉转过脸子，饶有兴趣地观看着大街上形形色色的场景。

闫文华仿佛没有听到这些话语，牵着王亮的小手往前走。

王亮悄悄转过头，仰起脸看了闫文华一眼，从胸膛深处长长地叹出一口气来，莫名其妙地有了一种激动。他伸了伸脖子，挺起胸，拉紧闫文华的手跟着他往前走……

很快就到了闫文华的办公地点。一进房门，几个栩栩如生的狮子模型立即将王亮的注意力吸引了过去。

他小心翼翼地东摸摸，西瞅瞅，一边悄悄打量着闫文华，见他出去，赶紧拨拉了一下威武狮子的眼珠子，竟然会动……

一会儿，闫文华端着水盆进来了。

他细心地给王亮洗了脸、擦了手，给他泡好方便面。

吃着泡面的王亮高兴地扭来扭去，嘴里吸溜吸溜的，直嚷着：“好吃！太好吃了！”

没有了紧张、放松下来的王亮，随着闫文华的话题，有一搭没一搭地聊了起来。

“你住在哪儿？”

“高楼后面的窝棚里。”

“你从哪儿来？”

王亮立即变得困惑起来：“我也不知道。”

“噢！那你们原先在哪里住?”

“住过好多地方，有时在大桥下面，有时在山里的小棚里，有时在快拆的房子里。”

闫文华尽量面色平和：“你们老是搬家，妈妈愿意吗?”

“我妈妈在很远的地方打工，要漂洋过海，现在只有爸爸。爸爸说，妈妈在我结婚时才会回来。”王亮说起妈妈，好像没有感觉似的，平淡得像是说别人的妈妈。

“平日里，爸爸给你做饭?”

“做饭？爸爸从来不做饭，我们总是在家里热一热现成的饭菜。”

闫文华有些不明白。

放松了戒备的王亮，反应一下就快了起来，调皮地眨巴着眼：

“你不知道吧？那些饭馆里，有很多人买的饭菜吃不完。爸爸经常领着我帮饭馆里洗洗碗、扫扫地。饭馆里的人都很好哩，什么酒瓶子、纸板、饮料罐都送给我爸爸。他们很高兴我们把剩菜用塑料袋装走。那里面大肉呀、鱼肉呀、丸子呀，什么好吃的都有……”

王亮一口气说了一大串他认为好吃的东西，进入了对那些菜肴津津有味的回忆。

闫文华温和地看着他，点点头，心里或多或少明白了这个孩子和他爸爸的境况。

“你爸爸很爱你吧?”

“爸爸当然爱我了，他经常叫我亮宝贝儿。”

“亮宝贝儿，是宝贝。”

听着闫叔叔也说亮宝贝儿，是宝贝！王亮高兴地跳了起来：

“我爸和你一样，都戴着眼镜。他说，他是大学生。我爸爸认识很多字，他心情好的时候就教我认字、背书。叔叔，大学生就是非常有文化的人，对吧?”

“对！大学生是有文化的人。”

“我会背《三字经》。”王亮看样子很喜欢闫文华，说着，就站在地上，双手放在后面，摇头晃脑地背了起来：

人之初，性本善。
性相近，习相远。
苟不教，性乃迁。
教之道，贵以专。
昔孟母，择邻处。
子不学，断机杼。
窦燕山，有义方。
教五子，名俱扬。
养不教，父之过。
教不严，师之惰。
子不学，非所宜。
幼不学，老何为。
玉不琢，不成器。
人不学，不知义。
为人子，方少时。
亲师友，习礼仪。
香九龄，能温席。
孝于亲，所当执。
孝于亲，所当执。

“孝于亲，所当执……”王亮在这句反复了几次，挠了挠鼻子，有些小得意。

“闫叔叔，这是爸爸教我的，我还会背许多。”

若不是闫文华曾经熟背过《三字经》，单凭王亮漏风的嘴，含糊不清的声音，很难听出王亮究竟背的是什么。但他着实夸奖了王亮一番，表扬他背得很不错。

“我还会演讲哩！我爸爸演讲可好了，他经常演讲，有时候，白天晚上都演讲，我都听会了，叔叔你听听。”或许是王亮长这么大，很少有人夸奖他，他高兴极了，兴奋极了，要将他十八般武艺都展现在闫叔叔面前。

亲爱的朋友们，这个世界上是谁对我们最好，为你付出最多？只有两个人对我们最好，他们是谁，他们就是我们的爸爸妈妈！”

王亮只会这一段了，倒也有模有样的：“我爸爸演讲得可好了，我只会这一段。这一段很重要，他老是重复。”

“你爸爸演讲？”

“是呀！我爸爸的演讲可好了，很长很长的，说是叫理想。”

“理想？”

“爸爸说他演讲的就是他的理想。”

闫文华若有所思，不过，还是夸赞了王亮。

受到闫叔叔的多次表扬，王亮顿时感觉自己重要多了，表现出一副好孩子的模样，小手乖乖地让闫文华牵着，一动也不动。

…………

快乐的时光总是过得很快。

王亮被闫文华从文化站领着出来，仿佛变了一个人。头也不耷拉了，脸上有了笑容，也敢平眼看人了，一身八成新的衣服，衬得他精神多了。

此时，夕阳悬挂在半空中了，把它的光芒洒向了人间。它照在人的脸上，人的脸就仿佛镀上了一层金；它照在水面上，河水就浮光跃金，似乎一颗颗神奇的小星星在闪闪发光；它照在绿树上，绿树就好像抹了一层油，显得更加翠绿了。它的光芒无处不在，王亮也完全被笼罩在金色的光芒里，就这样走着，让那快乐的光芒包裹着他，抚摩着他……

第二章　王国平父子情缘

闫文华随着王亮来到他的“家”里。低矮的窝棚像高楼外墙的小膏药，散发着难闻的臭味。窝棚里面堆满了乱七八糟的废旧物品，正中有张木板搭成的床铺，一床看不清颜色的被子，卷成一团。横拉的塑料绳子上挂了几件衣服，地上是用砖头垒起的锅灶，四个字就能将王亮家的场景完全概括出来：贫寒杂乱。

王亮一蹿就上了床，把卷成一团的被子往里推了推，乖巧地说：

“闫叔叔，你坐，你坐。”

他随即从床头处搬出一个小纸箱子，呼啦一下子全倒在床上，欢快地说：“闫叔叔，你看，这全是我爸爸编的，好看吧！”

草编的鹤、青蛙、蜻蜓、蝴蝶、蚂蚱、龙等动物，生动的造型，一个个精巧玲珑、形象逼真，非常漂亮。

“你爸爸手真巧！”闫文华一个个拿到手里端详，赞叹编得好。

两人边说闲话，边等王亮的爸爸。

暮色渐起，天空开始变得灰暗。

“爸爸，你回来了！”王亮跳了起来，迎了出去。

闫文华也随着王亮的叫声，走出了窝棚。

一位中年男子，肩上扛着一个装满东西的袋子，身体瘦而高，像一副骨架，佝偻着身子，正向窝棚走来。

见王亮迎了上来，他咧开嘴笑了：“饿了吧，给你带好吃的了。”

猛然看到闫文华，他本能地退后几步，诧异、警觉地看着这位陌生人。

这是张粗糙、黄黑色、木讷的脸，一副忧心忡忡的神情。闫文华不由得一阵心酸。

“爸爸，这是文化站的闫叔叔。他对我可好了，还给我吃好吃的。他可喜欢你编的动物了!”王亮欢快地将他的喜悦传递给王国平。

王国平听到王亮的话后，对着闫文华点了点头，一句话也没说，便快步走进窝棚。

王国平的眼神里是淡漠的、呆滞的，隔着几米的距离，闫文华也能感觉到他周身散发的寒意，沉默而冷冽，仿佛凝固的冰墙，拒人于千里之外。

王亮拉着闫文华也进了窝棚，他快速点亮了蜡烛，微风摇曳烛光，人影虚幻地晃动着。

闫文华想将冰墙敲开一条缝，于是向王国平伸出手：“王师傅，你好！我是文化站的闫文华。”

王国平仿佛没有听到，坐在床边，低头弓背，披垂下来的头发遮挡住了面容，没有半句回应。

空气在流动，墙外的喧闹依然如故，但都与他们无关。沉默在持续，王亮看着爸爸阴郁的脸色，也不敢多说话。

闫文华有些无趣，只好自打圆场：“你刚回来，也累了。我先回去了，有空再聊。”没有回应，仿佛他是在和空气说话。

他走出窝棚时，王亮乖巧地笑着挥手小声说：“叔叔，慢走!”

闫文华回过头，笑着摇了摇手，权当告别。

王亮回过头，见爸爸目光呆滞，独自絮叨着，糊糊涂涂的，也不知道在说些什么。每当看到爸爸这个样子，王亮就像一只受了伤的猫，紧紧地贴在棚壁边上，畏畏缩缩地远离他，拿着小草龙自己悄悄地玩起来。

屋外，夜空很是清朗，一闪一闪的星星，疏疏落落地镶嵌在天上。一弯明月，镰刀一样斜挂于天幕，月亮会不会一不高兴，就把星星割掉了呢?

王国平斜依在床上，眼睛呆呆地看着前面，长时间没有一点儿声息，像是在认真地回忆着，想从往日的岁月里获得什么，又像是在思索，在内心深处自问着什么。

他的目光是那么的呆滞，这是一个身心疲倦，被生活的烦恼所纠缠的人惯有的目光。

仿佛眼前扯起了迷雾来？苍苍茫茫，无边无际，他在雾中行走。

他看见刚大学毕业时的自己，年轻力壮、活力四射，梦想着做番大事业，挣大钱，在城里买房子，把父母接到跟前。雾是越来越浓了，仿佛自己在云涛之上。然而残酷的现实是，每个月下来，自己挣的工资除了付房租，吃饭，同学、同事交往，月末成了月光族。

正思量着如何挣大钱，一名大学同学如同及时雨，打电话约他到广东共谋大事。同学讲，他们从事的是国家允许的扶贫工程，是亚太地区金融模式，既能让自己快速致富，还能帮助亲友走上脱贫致富的快车道。雾变幻成彩色，王国平被霞光所罩。他受到热情的迎接，大家在课堂上相互自我介绍和唱歌、跳舞，分享入行的成功经验，慷慨激昂，兴奋，特别有感染力，人人很和睦、很友好，就像一个大家庭。后来，他才知道这是传销。

王国平是他们王家家族里第一名大学生，很有号召力。以“爱”或者“发财”的名义邀来了一些亲友，加入这个群体。这些奔着一夜暴富而来的亲友，跟他一样狂热地演讲、交流、鼓噪，幻想着理想实现的美妙场景。

雾在不知不觉中变成黑色，浓稠的黑色。直到警察和工商局的工作人员闯进课堂，他的致富梦破灭了！彻底地破灭了！被他邀来的亲友怎么办？亲友们举全家之力用来做“事业”的钱怎么办？亲友们愤怒、绝望、痛斥的画面，无数次地在他面前闪过。他十分恐慌，内心被痛苦吞噬着，煎熬的感觉使他无法自处。他必须跑，他在逃跑，撒腿飞奔，拼命地跑向远方，一个无人认识他的地方……

一座城市接一座城市，垃圾箱成为他维系生命的依赖，他进入深刻的孤独，脾气更变得古怪和尖刻，他经常陷入沉思，思索着生命是否必要。

他无数次地想要自杀。那天的凌晨，他去意已决，绳索刚刚打好结，就被婴儿的啼哭声所扰乱。他看到了一张上唇有裂痕、长满红疹子的脸。这样一条无助的小生命，激发了他内心的善良和仗义，他立即抱起了孩子，抬头望去却四处无人。“谁的孩子？谁的孩子呀？”空旷的街道，无人应答……

想到这儿，他不由得一阵神经质的颤抖，当他看到孩子的目光时，命运在此拐了个弯，这个襁褓中的孩子拯救了他！

他毫不犹豫地收养了这个婴儿。从孩子身上，他意识到了自己本性的良善和仁爱，并由此产生了一种责任感和崇高感。这种崇高感如暖流一样环绕着他。他整日为这个小生命忙碌着，很充实，他觉得自己的灵魂因为对小婴儿而得到了升华。

他给这个孩子取名“亮亮”，也就是他的“亮宝贝儿”。他叫起来，觉得是那么的亲切，那么的阳光四射，周围一片明亮。

没有人知道，他如何将小婴儿带大，没有人问过他养育的艰辛。他带着孩子到处流浪，到底要走向哪儿？没有目标，没有方向。夜里或歇脚在路边田地里的窝棚，或留宿于城市一隅的烂尾楼，或暂寄于某处黑漆漆、孤零零的桥洞。白天总是奔波，或在风中，或在雨里，或在旷野上，或在楼宇间，或搭乘农用车，或徒步向前走。看着“亮宝贝儿”一天天地长大，他时常会被自己崇高的父爱感动，甚至会流下泪来……

当王国平醒来时，又是新的一天，昨天发生了什么，他早已忘记！只记得今天他们要去看看老中医。他用脚碰了碰蜷缩在他脚边熟睡的亮亮：“亮宝贝儿，快起来，我们去看中医爷爷。”

王亮爬起来，眯眯瞪瞪地跟着爸爸。

天有些凉，灰白的天幕上，几颗星星寒冷地闪着亮光，四周的景物皆在一片朦胧之中。

山脚的站台，从班车上下来两个人，正是王亮和他爸爸。

在蜿蜒的山间小路，王亮和爸爸都是开心的。王亮捡了一根树枝，一路上抽打路旁的树干，或跳起来抽打垂挂下来的树枝，直打得落叶纷纷。

老中医爷爷是王亮的救命恩人。听爸爸讲：“那时他还很小，高烧不退，幸亏遇见老中医，邀他父子俩居家半月医治。病好后，才同意他爸爸带着他离开。”太阳公公已经将光照在山谷了，远远的山是墨绿色的，近处的山是绿色的。天空有好看的云彩飘过，山路旁边有条小溪，山路弯弯曲曲，小溪弯弯曲曲，一会儿暴露在阳光下，一会儿又完全笼罩在阴凉的树荫里。小溪流的水哗哗哗的，不断地变化着，流到开阔的地方，它就显得平缓、悠闲；流到狭窄的地方，它就显得急促、慌忙。又转了个弯，这是个更狭窄的地方，小溪流打闹起来，喧嚷起来，激起一团团白色的水花；从高处跌到低处时，流动的水珠子一串串织成水帘子，看上去就像是流淌着梦幻的银河，美得让人如痴如醉。

“爸爸，我累了，要歇歇。”王亮忍不住叫嚷起来。

“好！那歇会儿，就在这歇会儿。”王国平边说边从挎包里取出两个馒头，父子俩边吃，边休息。

“这水真甜!”王亮大口喝着，不停地用手把水往嘴里舀。

王国平也喝了几口，感到通心舒爽。吃饱喝足，腿直直地伸出去，靠在路坡上，闭目养神。

“溪里有鱼，爸爸，溪里有鱼呀!”王亮欢快地叫着。

王国平抬了抬眼皮，换了个更舒服的姿势。

溪里有鱼。尽是些小小的鱼苗儿，它们在水中游着，或钻到石头下面的空隙里藏着，或在水草丛里翻滚着，或随着流水游到下方。王亮拿着树枝儿搅着水，它们快速地躲闪着。

…………

王国平突然来了兴致，就着溪水，把脸洗了洗，又把头发拢了拢，清了清嗓子：

“各位亲爱的家人，你们好！闭上您那双美丽而可爱的眼睛，用心来聆听这美妙的音乐。深深地吸一口气，慢慢地吐出来；再深深地吸一口气，慢慢地吐出来；再深深地吸一口气，慢慢地吐出来。此时，你什么也不用想，什么也不要想，慢慢感受这美好的大自然。你听，小鸟在轻声吟唱，微风在轻轻地吹拂；你慢慢地放松自己，慢慢地放松自己。放松你的大脑，慢慢地，慢慢地让你的大脑感觉到很轻松，再放松你的颈部，划圈，一圈，两圈，三圈，慢慢地，你会感觉到你很轻松。这种轻松的感觉，慢慢地延伸到你的肩部，放松你的肩部，延伸到你的腰部、腿部，到脚部，一直延伸到你身体的每一个部位。你会感到全身很轻松，静下心来，慢慢排除掉心中的杂念。在今天，这美好的日子里，让你那颗充满着创伤，那颗不安的心，慢慢静下来，慢慢静下来。”

王亮停止挥动手中的小树枝儿，站起身来，静静地看着爸爸。溪水里的鱼儿，也不再四处逃窜、惊慌奔游。

这就是他的爸爸啊！每当爸爸演讲时，就会神采飞扬。他静静地看着满脸激情的爸爸，在溪流帘子的背景下闪着别样的光芒，简直帅呆了。

“各位亲爱的家人事业伙伴，在你最困难、最无助的时候，最需要帮助的时候，是谁给了你帮助，给了你关怀？可能是我们的朋友、同学、父母亲，假如今天这个人就站在你面前，你怎样接纳对方，而不使对方受到伤害呢？各位亲爱的家人，各位亲爱的事业伙伴，让我们好好想一想，我们究竟是怎样的一个人？好好地用心想一想，这个世界上，是谁对我们最好，为你付出最多？只有两个人对我们最好，他们是谁，他们就是我们的爸爸、妈妈！在这个世界上，你的朋友有可能会背叛你，你的亲戚可能会离你而去，唯一不会嫌弃你的只有你的爸爸、妈妈。今天，你是否想过远方的父母，他们可能现在正在顶着大太阳辛苦劳作，或在昏暗的灯光下夜以继日。同时，也许正在谈论着我们，想念着我们，看什么时候我们能回去见见面、说说话。我们开心、欢乐的时候，是否也能想起远方孤独的父母呢？而截至今天，我们又给了父母亲多少回报、多少关心呢？”

…………

王亮无比崇拜地看着爸爸。此刻他激情澎湃，焕然一新！帅呆了！酷毙了！他的形象无比光辉，完全可以上电视、当明星了。

最后，王国平振臂一呼，然后气势豪迈地收回手来，演讲结束。

王亮欢快地拍着巴掌：“爸爸，你讲得真好！比电视里的人讲得还好！”

爸爸演讲的场景出现了无数回，王亮最喜欢演讲时的爸爸。若是平日里的生活，爸爸也如演讲时那样充满激情和温暖，该有多么美好啊！

王亮既喜欢又害怕爸爸演讲。因为每当演讲后，爸爸就会变成另一个爸爸，痛哭、大骂、胡言乱语。两个不同的爸爸都是以演讲为鲜明的分界线。

此时，王国平略带羞涩，弯下身子，自言自语："你说，这么好的词语，怎么就成了传销，成了骗子？若不是骗子，二叔、三婶、表哥、同学的钱怎么就收不回来了……"

过往的生活场景，一幕幕，从脑海里划过……

那天，从公安局出来后，王国平很焦愁，亲戚朋友的钱怎么办？他们的钱都是血汗钱呀！他整天用拳头砸脑袋，一个劲地责备自己："我算什么东西，还梦想着挣大钱哩，也不撒泡尿看看自己。把亲戚朋友都拖下水了，我有罪过啊……"

泪雾中，那些场景一幕幕地不断在他眼前播放着：

"你还我钱来，那是我买房子的钱呀！买房子的钱呀！"三婶死命地挣脱警察的束缚，扑过来，抓他的脸。

二叔喝了农药口吐白沫，强挣着对他说："你是我们家族的第一个大学生呀！你怎么能祸害你叔呢！"

"他侄儿，那是你兄弟娶媳妇的钱呀，还指望跟着你再挣点儿钱养老。你可把我们一家逼死了哟。"表婶恨不得咬掉他腿上一块肉。

王国平多年来陷在深深的自责里。脑子里一会儿空空洞洞，一会儿又冷静地反省自己：自己怎么这么笨哩，不劳而获怎么能挣大钱！他在心里恨透了自己！懒惰、小聪明不但害死了自己，还祸害了许多亲戚呀。

从那以后，他宁愿流浪，也不愿回到家乡。他也只配流浪，居无定所、食不安逸，他更加使劲地干活，让气力消耗导致的疲惫和筋肉紧张导致的酸痛来抵御心灵的负疚。

…………

酸楚之情浸漫着王国平，泪雨纷纷，泪雨纷纷。

王亮看着爸爸一会儿演讲，一会儿笑，一会儿哭，一时吓得不敢吭声。

此刻，他乖乖地依偎在爸爸的身边，用瘦瘦的双臂搂着他。

溪流依然不管不顾地流着，小鸟依旧在鸣唱。

好像过了很久，很久，王国平才平静了心绪，将王亮抱在膝上，认认真真地说："亮宝贝儿，你要记住，永远不要相信天上会掉馅饼！永远不要投机取巧！永远不要想着一夜暴富！它们都是生活的坑，会害死人的！"

王亮听不懂，但他相信爸爸说的，就坚定地点头："爸爸，我记住了！"

"爸爸！中医爷爷还等着我们哩！"王亮乖巧地提醒着王国平。

"对！我们还有正事哩。走，看爷爷去。"

父子两人继续上路。

第三章　老中医悄然离世

小孩子忘事快，才一会儿，王亮又欢快起来了。高阔明净的天空下，飞着几只大鸟，它们盘旋着，滑翔着，俯冲着，迎着气流不进不退地悬浮在空中。几只美丽的山雉，见人来了，便笨拙地扑腾着翅膀飞到树丛中去了。

再转一个山弯就到爷爷家了。

王亮跑着向前，一路叫嚷着："爷爷，爷爷，我们来看你了！爷爷！阿黄！"

汪！汪！汪！大黄狗迎了出来。

"阿黄！"

王亮迎上去就和阿黄抱了一个满怀。

"阿黄，你怎么瘦成排骨了？"

阿黄在他腿边低声呜咽着。一会儿又跑在前面，低声叫着；一会儿又绕到他的腿前，呜呜哀鸣。

"爸爸，阿黄得了牙痛病，不好好叫了。"

"阿黄若有牙痛病，你中医爷爷会给它治的。"王国平边说边加紧着脚步。

到了房门前，房子上了锁，不见中医爷爷。

"阿黄，爷爷到哪里去了？你带我们去呀！"

阿黄仿佛听明白了，一个冲刺就跑了好远，看他们没有跟上，又掉转头来等着他们。

阿黄跑跑停停，将父子俩带到了后山坡上。

绿绿的山坡上，起了一个新土坟包，坟包正中插了一个白色的旌幡，迎风飘展。阿黄一边呜咽着，一边用前爪刨着土。

王国平疑惑地围着坟包转圈，这坟是新坟，坟里埋的是谁？他怎能相信这是老中医的坟。若不是老中医的坟，阿黄的行为又做何解？

王亮的小脑袋里却没有想那么多，他飞奔向坡下离中医爷爷最近的住户。

没多久，就听到王亮撕扯起嗓子哭喊："爷爷！中医爷爷，上次见你还好好的，怎么这次却见不到你了哩！爷爷！"

王国平一脸的沮丧和惶恐，看着跟在王亮后面的张大娘，忙迎上去，拉着张大娘："大娘，上次看我大爷还好着呢，这才多长时间，怎么……"

"老中医是个好人呀！也算是寿终正寝。他给你留着字条哩。"张大娘边说边扯着衣袖擦着眼泪。

"国平：王亮是个好孩子，要让他上学，培养他。你要振作起来，勇敢面对生活，跌倒了爬起来向前走。相信你和他都会成为对社会有用的人。我坚信!!!"

字条上的毛笔字歪歪扭扭。王国平拿着字条的手发着抖，他跪在坟头上失声痛哭起来。

若不是偶遇老中医，他早已不在人世；若不是老中医，亮宝贝儿也活不到今日。这个精通医术的老人，就是王国平亦父亦友的亲人啊。

…………

夜色从苍茫的山间田野上，慢慢地涌过来了。静静的山野，一片银灰色。近处的树林和村庄成了一团团模糊的影子，像山峰，又像凝然不动的烟气。

王国平带着王亮下山回家。阿黄跟了他们一段，算作送别，又掉头回到山坡。

山路是那么的漫长，压抑悲伤沉坠在王国平的心里，秤砣样的一团，每走一步，那坨重物就跟着晃荡一下，五脏六腑都阵阵地发疼，需要非常努力地控制，才不至于脚步踉跄。

现在，他心里的秤砣已经变成妖怪，在肚里翻江倒海，拳打脚踢，可着劲地折腾。王国平迫不及待想要呕出那团东西，但是却吐不出来，憋得满眼泪花。

王亮搀着爸爸，一步一步地拖着。他把爸爸的胳膊搭在自己的肩头，左边的身子紧紧地挨着他，想借自己的力给爸爸，以至于大滴的汗珠从头上掉下来……

王国平浑身哆嗦，他想控制住自己，却根本无法阻止哆嗦。他缩成一团，仿佛是刚从冰窟窿里被人救出来似的。他的牙齿在咯咯咯地碰撞着，每走一步都是那么地艰难。

刚冷过劲，又感觉自己的血热乎乎地很浓稠地在血管里奔流，脑袋嗡嗡地响着，身体仿佛是条空空的布袋子，眼皮沉重得难以张开，眼珠好像锈住了一样难以灵活地转动。他浑身软绵绵的——用足力气挣扎起来，却又软溜溜地倒了下去。

“爸爸，爸爸，你醒一醒，你醒一醒！爸爸！”王亮哭喊着、叫着、推着……

爸爸脸色蜡黄，眼窝深陷，头发凌乱，因为太瘦，牙床有些外凸。

或许听到王亮的哭喊声，王国平的睫毛不停地动着，眼睛却睁不开。

王亮十分焦急，周围又没有住户，他又不能放下爸爸去搬救兵。怎么办？怎么办？真是叫天天不应，叫地地不灵。

起风了，大山里的树林好像忽然变成了战场。风把树叶吹得哗哗哗响个不停，不时传来一声猫头鹰凄厉的叫声，让人总觉得渐黑的森林里潜伏着什么躁动不安、会随时一蹿而出的可怕东西。风渐渐大了，王亮甚至能听到溪流的声音。这种气氛使人害怕，好像进入了妖魔鬼怪的世界里。

一群鸟儿惊恐地飞上了天空。

王亮害怕极了，两只乌黑的眼睛，满是紧张，他双手搂紧了爸爸的脖子，不停地叫：“爸爸！爸爸！”

突然间，天空闪过一道光，但转眼间又恢复了黑暗。紧接着，传来一声天崩地裂般的声响。打雷啦！一道又一道的闪电，轰隆隆的雷声，将天空一次又一次地撕裂。王国平躺在地上，毫无知觉，面无表情。王亮紧紧地搂着爸爸，把头埋在他的胸前，吓得浑身发抖。

突然，一股热浪，将他掀起，眼前出现一道刺眼的闪光。他衣兜里的草龙，顺着闪光，向天空飞去，金光闪闪，并且越来越大，越飞越高。它在云层中遨游着，上方出现一个带光的圆盘。又一声巨响，一道闪光，霎时照亮了黑沉沉的天空，直击云中的巨龙。云中龙从空中跌下来，滚落在王亮前面，闪闪发着光。顷刻间，雷声和闪电都消逝了，天地又恢复了原有的安静。

王亮愣住了，张大嘴，望着面前……不知是魔幻还是什么，那小草龙像是在向他靠近，向他游来……这时候，风在吹，树在簌簌地响，雨终于没有落下来。

王亮不敢动，紧张地看着小草龙，恐惧笼罩着他。他不知道的是，刚才，因为机缘巧合，他的小草龙已不是原本的小草龙，而是被外星的客人附了身。

“王亮，不认识我了吗？我是龙龙。”小草龙竟然开口说话了。

满脸诧异的王亮大着胆子问：“你会说话？你是龙龙？”

“我是龙龙，以前不会说话，以后就会说了。”

“为什么以前不会，以后就会呢？”王亮穷追不舍，势必要把问题弄清楚。

“那我就告诉你事情发生的始末吧。”龙龙很坦诚，开始把小草龙的前生今世向他娓娓道来。

“王亮，你以前的小草龙是没有生命的，它只是用龙须草编织而成。现在小草龙身体里住着我，就有生命了。”

“为什么有你就有生命了？这个小草龙还是以前的模样呀！”

“我来自银河系的木卫二，我们星球的智慧生命比地球高级很多。我们一出生，就拥有超强的能力，浩瀚的知识量和无可比拟的洞察力，独一无二。”看着王亮木讷的表情，龙龙调皮地摇头摆尾，“比如，我知道你家只有你和你爸。”

“我爸，对了，爸爸。”

王亮这才回过神儿来，赶紧向前爬了几步，看着躺在地上的王国平。

王国平的牙齿又在咯咯咯地碰撞着，浑身又在哆嗦着。

“爸爸一定很冷，要不就不会发抖。”

“龙龙，我不能让爸爸冷死了。你说，怎么办呀?”

龙龙倒是很淡定：“我必须遵守我们星球的规则，只能给你建议，不能出手相助。现在，把你爸挪到这边，点一堆火，他就不冷了。”

借助龙龙的力量，王亮将王国平挪至避风处。他从爸爸的口袋里找到打火机，用枯叶燃起一小堆火，又把山民砍伐下来放在路边的树枝，连拖带拉，手脚并用地弄回几根小一点儿的，放在火里。

等做完这一切，他浑身的衣服已被汗沁透了。

“王亮，你是个男子汉!”龙龙鼓励着他。

王亮突然感到身体内充满力量，他是男子汉，要照顾好生病的爸爸。更何况，他现在还有个朋友龙龙。

“才来地球，四处转转。”话才说完，龙龙就变成一个小亮点，向山上飞去。

“龙龙，你……”王亮很想让龙龙陪着他，可还没说出口，龙龙已不见了影子。

王亮蜷缩着依偎在爸爸身边，望着无垠的夜空。

夜特别的漫长，像这大山里的荒草一样漫无边际。他得耐着心慢慢等待。

王亮的心在煎熬。爸爸昏迷着，龙龙也不在，他还是挺害怕，感到有一股凉气从脚心向头渗来，直钻到心里，让他不由自主地缩成一团。他不敢往四周看，又觉得身后的树林里有什么动静，就越发地感到身后是一个充满危险的世界。为了抵制恐惧，他哼起了歌儿。哼着，哼着，就想起爸爸曾带他在路边看电视，看他最喜欢的《爸爸到哪儿去了》。小商店门前，有许多人在看，没有人在乎他和爸爸。看完回到小窝棚，父子俩还学唱主题曲，那是他们流浪生活中难得的温馨时刻。

爸爸去哪儿了

爸爸　我们最远最远可以去哪儿呀

嗯　去到比月亮和太阳还远的地方哦

那我们可以去未来吗
可以　马上就去　跑着去
我的家里　有一个人很酷
三头六臂　刀枪不入
他比冬天还要严肃
又赖皮得让我笑哭
谢谢你光顾　我的小怪物
你是我写过最美的情书
春天的蘑菇　秋日的远路
一年一年长出幸福

老爸老爸　我们去哪里呀
火星上的今天　天气好吗
宝贝宝贝　我已汗流浃背
快问问银河护卫队
老爸老爸　我们去哪里呀
太空里已经开出了鲜花
宝贝宝贝　时光机的魔法
在未来等着你长大

老爸老爸　我们去哪里呀
火星上的今天　天气好吗
宝贝宝贝　我已汗流浃背
快问问银河护卫队
老爸老爸　我们去哪里呀
太空里已经开出了鲜花
宝贝宝贝　时光机的魔法
在未来等着你长大

老爸　老爸　我们去哪里呀
有我在　就天不怕地不怕
宝贝　宝贝　我是你的大树
一生陪你看日出
老爸　老爸　我们去哪里呀
你就是我的天大和地大
宝贝　宝贝　时间的手一挥
你是永远的珍贵
老爸　老爸　我们去哪里呀
火星上的今天　天气好吗
宝贝　宝贝　我已汗流浃背
快问问银河护卫队
老爸　老爸　我们去哪里呀
太空里已经开出了鲜花
宝贝　宝贝　时光机的魔法
在未来等着你长大

王亮认真地哼唱着，一人分演两个角色，一会儿是爸爸，一会儿是宝贝，一遍又一遍，唱着唱着，眼皮困倦得打起架来，不知不觉就睡着了。

王亮不知道，在这似乎漫无尽头的煎熬之中，自己的灵魂也在静悄悄地增长着韧性。害怕、无助、忍耐、痛苦、不屈从……反而使他对人生和生命有了这种年龄的孩子所没有的体验和成熟。若干年以后，当他成为一名真正的男子汉时，他会感谢童年所经受的生存和生活的苦难。

夜在一寸一寸地缩短。

黑暗在渐渐淡化，城市在慢慢苏醒。

或许是清晨布谷鸟的叫声唤醒了王国平，阳光初升，天空净洁，显得无比高远。林子里，草丛中，鸟叫虫鸣。万物青青，透出一派鲜活的气象。趴在他怀里的亮宝贝儿正在熟睡。他没有动作，保持着睡的姿势，慢慢回忆起昨天发生的一切……

“王亮是个好孩子，要让他上学，培养他。你要振作起来，勇敢面对生活，跌倒了爬起来向前走，相信你和他都会成为对社会有用的人。我坚信!!!”老中医字条上的话，铭刻在他的心里。一定要让亮宝贝儿上学！这一决定一产生，犹如黎明前东方天空那颗又明又亮的星。他又在一个新的层面上看到了这个决定所具有的价值，并因此而兴奋。他的心情随之豁然了，仿佛一个被重担压迫着的人，卸掉了一切，赤身站在清风里，心头有一种让他激动的解脱感。

“爸爸，你醒了？好一些了吗？昨天你晕倒吓坏我了！”王亮如小八哥，见王国平清醒过来，高兴极了。

王国平还是有些虚弱，在下山的路上走走停停。

王亮到底是小孩子，又恢复了以往的欢实。

“亮宝贝儿，爸爸准备让你上学。”

“什么?”正在前方用双手把着想象中的方向盘，嘴里呜！呜！呜！鸣着“警笛”的王亮，紧急刹了车。

“爸爸，你说，要让我上学吗?”他跑转回身，面向王国平，再次确认。

“是的，让你上学！要让你成为对社会有用的人!”看到王国平脸上难得的慈祥笑容，王亮的心一下子安定了。

“太好了！太好了！我可以上学了!”得到爸爸肯定的回答，王亮高兴坏了。

上学，可一直是他所期盼的呀！他雀跃着奔向下面的山林。

王亮置身在山林的中间，周围是一片片翠绿的树林，空气中散发着淡淡幽香。那些圆圆的、亮亮的、晶莹剔透的露珠，像散落的珍珠，挂在树条上、草叶上，闪闪烁烁，熠熠生辉。树林中的歌唱家——小鸟，倏地一下，从一个树枝飞到另一个树枝，抖落了颗颗“珍珠”。它们愉快地唱着、跳着，那叫声时而婉转，时而欢喜，让人为之陶醉。晨雾似乳白色的薄纱，如梦，如幻，如诗，如画，挥不走，扯不开，斩不断。

“爸爸，我们是神仙了。你看，像不像！”

王国平看到王亮如此的欢快，高兴地答道：“像，我们就是神仙。”

透过树枝的间隙，霞光执拗地照在父子俩的身上。

此时，山林上空的晨雾已不见了，而山林之中，却流动着烟波，薄薄的一层，长长的一缕，浓浓的一团，他们似乎置身于仙境，不禁陶醉其中。

这时，一束阳光斜射着王亮的眼睛，他眯起眼，望着这太阳的恩赐，心里涌起一种庄严、圣洁的感觉：一定要好好读书，做个对社会有用的人。恍惚之中，他仿佛变成了花丛中的一朵，露珠中的一颗，群鸟中的一只，阳光中的一缕，他的身体好像飘起来，似旷野中的鸟儿拍打着翅膀，在高远的天空中自由飞翔。

第四章 初识舞龙舞狮

王国平一大早就起来，捡拾废品。今天与以前的日子都有些不同，老中医字条上的叮嘱，给了他从未有过的坚定和信心。心里有了盼头，仿佛生命注入了新的力量。一个空瓶子、一个烂纸箱、一个饮料盒，都让他高兴好一会儿。亮宝贝儿要上学了，多么有意思。一想到这里，他脸上就有了些许的笑意，脚下的步子迈得越发轻快了。

江边夏意早已蓬蓬勃勃，突现了新生事物的强大生命力。

王亮早就渴望上学了。无人知道这个企盼在他心里埋藏了多久，无人探视他敏感、小心翼翼的心绪。

爸爸的情绪时好时坏。坏的时候，黑着脸，抱着头自言自语，他只能悄悄地待着，不敢近前。情绪好时，会把他抱在怀里，叫他亮宝贝儿，教他背《三字经》，给他讲故事。长大后，他才知道，爸爸的反常行为似乎是精神分裂症。

平日里，爸爸一早就出去了，很晚才能回来。更多的时候，是他独自在窝棚或街巷，被无边的孤独包裹着。王亮就像一缕游魂，在偏僻小巷、田野地头四处游荡着。

对于热闹的地方、热闹的人群，王亮既好奇，又害怕。他只能自惭形秽，远远地、尴尬地去面对，一张张陌生冷漠的面孔，一道道讥讽蔑视的目光……冷落感不时地咬住他，就像一只饿坏了的小狗死死地咬住一根骨头。

他常常跑到离学校最近的墙角。那时，他会听到琅琅的读书声，或者孩子们上体育课的呼喊声。那声音在他听来，是多么的迷人和美好。虽说爸爸教他识得一些字，也会背诵《三字经》，但是他渴望和这些孩子们一起上课、玩耍。这想法，如同夜间荒野上的火光一样吸引着他。有次，他躲藏在操场外看他们上体育课，开心得忘记了一切，随着其他孩子们大声叫“好!”被他们中间的一个发现了，说：“小流浪汉！”于是，一帮孩子齐拥在栏杆边，高声叫着：“小流浪汉！”“小要饭！”他顿时着慌起来，连滚带爬地逃掉了。看着他慌张的、尴尬的、滑稽的、丢头丢脑的逃跑样，那些孩子在他身后发出放肆疯狂的笑声。现在想起来，若不是有栏杆挡着，他或许跑不掉。

…………

窝棚里，王亮把纸箱里的动物宝贝全部排列整齐，放在床上。

“咦，我最爱的小草龙到哪里去了？那天在山上碰到的小草龙是不是自己做梦时碰到的呢?”王亮疑惑地摆摆头，自言自语，理不清思绪，索性不管了。

“小猪猪，你知道吗，爸爸要让我上学了。我可以上学了。”王亮把小草猪举在脸前，一脸幸福地说着。

“好呀！好呀！亮哥要上学了。”王亮右手把小草狗狗送到小猪猪的跟前。

“亮哥上学时，可不可以带上我呀!”王亮变了声调，把小鸭子送到小猪猪身边。

“那怎么可以呢？亮哥去上学，又不是去玩。”小猪猪一本正经地代表王亮回答。

“我们在家等，亮哥回来，可以教我们学习呀!”小草猪儿瓮声瓮气地说。王亮觉得鼻子没捏好，用纸条儿塞住鼻子重新捏了捏。

“亮哥上学了，就是有知识的人了。”

…………

爸爸用草编织的动物世界是他的最爱。这些不会说话的小动物组成了一方温暖的世界。他和这些小动物玩儿的时候，能代表它们每一个发声，也常能听到他咯咯咯的笑声。他常常一人，不！和一群人，一个团队，他的伙伴团队一起玩儿，他能听见这些动物安详的喘息和春风一样的细语。

自从闫文华见了王亮家中各种草编的小动物，就被一根无形的线一拉一扯地牵着。他来过几次窝棚，都没有见到王亮和他爸爸。

闫文华曾做过民办教师，干过电影放映员，二十来岁就在龙江文化站工作，数十年来，痴迷于“龙江的龙舞文化”。他是一位非常固执的人，认准的事，十头牛都拉不回来。

龙舞是中华“龙文化”的一个重要组成部分。龙江的龙舞既有舞龙，又有舞狮表演，明初这里就有舞龙、舞狮的祈雨活动，周营村古老的“双龙寺”碑文记载得一清二楚。门类众多的龙江舞龙、舞狮，在龙舞大家族中具有浓郁的地域色彩，而龙江龙舞道具技艺的传承，使具有龙江特色的龙舞得以“活态”传承。由于龙舞道具制作技艺是通过口传身授教授，特别是头尾制作属技巧工艺，技艺难度大，又无文字记载和规范尺度，制作工期长，整体编制时最少需要五人用十天的时间完成。年轻人多不愿学，习艺后又无经济效益，龙江制作龙舞道具的老艺人均年事已高，这一技艺面临失传的危机，后继乏人，已处于濒危状况。

闫文华看在眼里，急在心上。他一方面组织群众举办各种演出，一方面苦苦寻觅能够制作龙舞道具的接班人。那日，他一见王亮手中的小草龙，就欣喜万分，再到窝棚见到了各种草编的动物，更是珍爱异常，于是下定决心，一定要促成王国平进他的龙舞道具编织坊。

这天傍晚，已是他第五次来到窝棚，总算和王国平碰面了。王国平正在教王亮背《三字经》。

笑眯眯的闫文华等王亮背完了才开口：“王师傅，教孩子背书呢?”

“闫叔叔，你来了。”王亮起身招呼。

闫文华四处看了看，除了床，再无地方可坐，见王国平只是淡然看了他一眼，并没有打招呼，他索性蹲在窝棚门口边，做足了要谈下去的姿态。

“王师傅，我是龙江文化站的闫文华，上次我们见过。”

“找我有什么事吗?”王国平戒备地问道。

看着王国平冷漠的神态，闫文华笑道：“明天上午十点，我们在街上有个舞龙舞狮表演，想请你过去看看。”

“我哪儿有那闲工夫，我还要出去干活呢。”王国平头都没抬，回了一句。

“我们编织的草龙，比你的差许多，主要想请你给我们提提意见，帮助我们改进一下。”

“你们公家人，做事会让我提意见？这不笑话吗？”王国平抬起头，看了一眼闫文华。

“怎么会？你编织的动物小世界，活灵活现，惟妙惟肖，比我们有些老师傅编的好多了。”闫文华不介意王国平话语里的刺，很是诚恳。

王国平站起身来，扯下挂着的毛巾擦了把汗，看着一脸汗珠真诚朴实的闫文华，只是苦笑了一下，也没有再说什么，拿起蛇皮袋出去收废品了。

“叔叔，我可以去看吗？”王亮看着爸爸离去的背影问道。

“当然可以呀！就在学校前的十字路口小广场演。”

看着王亮，闫文华突然有些心酸：“王亮，你老家是哪里的？你爸爸说没说过，他上的什么大学？”

一见闫文华问及这些问题，王亮当即低下头，不再说话了。因为爸爸一再叮嘱过他，这些问题不回答任何人。

他见闫文华站起来，准备要走，忙问道：“闫叔叔，什么是舞龙、舞狮表演？是不是龙在跳舞？龙不是在天上吗？”

只要一谈到舞龙、舞狮，不论对方是谁，闫文华就会兴致百倍。一听到王亮问起舞龙、舞狮，顿时来了兴趣，他转过身就坐在床边：“那叔叔就给你唠叨唠叨，从起源说起吧。龙乃中国四灵之首，你知道中国四灵吗？”

王亮头摇得拨浪鼓似的。

“龙、凤、麒麟、龟就是中国的四灵，龙的形象源于我们中国古代的图腾，以‘龙’为图腾的强大氏族，从东方而入中原，这就是后来的‘夏’”。

“夏，我知道，就是夏天吗？”王亮忍不住抢了话，卖弄了一句。

闫文华宽厚地一笑：“什么夏天呀！指的是夏朝，夏商周的夏。伏羲和女娲氏，是中国古代非常有名的人物。从他们那个时候起，中国人就把‘龙’看成了能够行云布雨、消灾降福的神奇之物。几千年来，炎黄子孙都把自己称作是龙的传人。早在汉代，有个非常出名的大学问家叫董仲舒。董仲舒，你知道吧？”

王亮又是拨浪鼓似的摇摇头。

闫文华笑了：“董仲舒，西汉有名的思想家、政治家、教育家、唯心主义哲学家和今文经学大师。汉景帝时任博士，讲授《公羊春秋》。”

“这么多的家！太牛了！”王亮惊叹道。

“董仲舒在他的《春秋繁露》里有这样的记载：为了祈雨，春季舞青龙，夏季舞赤龙和黄龙，秋季舞白龙，冬季舞黑龙。随着时间的推移，舞龙就成为人们表达良好祝愿、祈求人寿年丰必有的仪式，尤其是在喜庆的节日里，人们更是以舞龙来宣泄欢快的情绪……”

看到王亮睁着大大的眼睛，依偎在他的身边，安静地听他讲，闫文华更加心疼起眼前这个孩子。

“王亮，你知道，我们现在脚下的地方叫什么吗？”

“不知道！”

“这个地方叫龙江。这可是有典故的，几千年前，龙江是属于古褒国的。我们这个地方可了不得！早在一百二十万年前，就有人类活动的南郑梁山龙岗寺与龙江隔江相望，近在千米。《诗经·汉广》中所载的昔汉游女所游之处的汉庙堆就是我们今天龙江镇的孤山。”

“湿巾，我有一张哩，上面没有字。”一听到“诗经”二字，王亮赶紧从床铺下翻出了一张塑料袋装的湿巾。

闫文华一见，笑了起来：“我说的《诗经》不是你手上的湿巾。我说的《诗经》，那是中国最早最伟大的诗歌之作。以后你上学就知道了。”

王亮的脸腾地红了起来。

“我们龙江的舞龙，历史悠久，那可是祖先留给我们的好东西。叔叔详细考察过，我们镇上周营村双龙寺内碑文里这样记载，‘明初此地敬奉神龙，嘉庆二年修建寺庙’。相传夏禹兴起时，这个龙的部族一起‘行域外’南征北战，这个龙氏族又以褒人之神化为二龙，伏羲氏族始终在汉水流域活动。这里敬奉神龙就与此有关。直到现在，龙氏家族在龙江三个村还存在。

“龙江以前的水大得很。千百年来，老百姓在这里繁衍生息，饱经了干旱和水患的交替危害。水大时，村庄、耕地被淹没，人畜被大水冲走，会导致三年两不收。人们沿江修建了龙王庙，搭建祭台，供上全猪、全羊、全鸡，焚烧香纸，叩拜龙王。干旱时，为祈雨求水；水患时，为祈福保安宁；丰年时，为表达感恩之情；年节时，为求吉祥福运。你要知道，龙江舞龙舞狮、敬龙祈雨活动，保持到今天已有六百多年了。这，多么了不得!”

说起舞龙舞狮，闫文华滔滔不绝，眉飞色舞，面对的好像不是流浪儿童。

王亮从来没有被别人重视过，没有过如此平等的谈话。但今天，他却在闫文华身上感受到了尊重，感受到了重视。

“闫叔叔，明天我去看舞龙、舞狮表演。爸爸回来了，我再跟爸爸说说。”

“好呀！最好是叫上你爸爸，一起去。”

…………

太阳仿佛生了天空的气，把怒火全部投向了地面，二十多天来一直燃烧着，炙烤着，想要把地面上的最后一滴水也烤干。天空铁青着脸，似乎连一片云彩也不敢飘过，到处都是“热！热!”的喊声。

王亮醒来，爸爸已经不见了，该是和往常一样，早早捡拾废品去了。他在窝棚外生起小炉子，把昨天爸爸带回来的剩饭剩菜倒在锅里，热了热，胡乱刨了三五口，就往街上跑。

十字街口的广场围了许多人。王亮绕场地转了一圈，除了看见无数个墙壁一样的背影，什么也看不到。

“锵咚锵，锵咚锵咚锵咚锵——”的声音不断从圈内传了出来。

王亮在圈外急得乱转，猛然看到一个缝隙，蹲下身子，从人腿的丛林中钻进圈子里。

只见一条红色的巨龙腾空而起，龙头高昂，眼睛炯炯有神，龙身金光闪闪。这条龙大约三十多米长，由十多个穿着祥云图案衣服的阿姨们舞着。一位美丽的阿姨举着龙珠。龙珠忽上忽下，忽左忽右。巨龙随着龙珠时而腾云驾雾，时而翻江倒海，威风凛凛、气势磅礴。

一些老爷爷、老奶奶在圈内走场子，中间还有两头大狮子跳着舞。那两头狮子长得非常漂亮，眼睛睁得大大的，血盆大口一张一合，还抖着几根柔软的胡须。两只狮子一个是金色的，一个是银色的，走起路一摇一摆，可爱极了。

看，狮子们正在玩“抢绣球”的游戏呢！金狮仗着自己身子大，后脚一蹬，先去夺绣球，不料被银狮抓了下来。金狮生气了，马上折回身也去抓银狮，两只狮子就这样扭作一团，引得大家捧腹大笑。这时，金狮趁银狮不注意脱离出来，猛地一跳，顺势叼走了大红绣球。它一得手，马上抖动着满身金毛，好像在炫耀呢！

“锵咚锵，锵咚锵咚锵咚锵——”只见一头威武的大狮子走进场子，围着场子中间一张方桌不停地跳动，时而做出挠痒痒的动作，时而又显出一副非常乖顺的样子。舞着、舞着，只见那头狮子显出一副好像已经非常辛苦的样子，趴在地上睡着了，那副憨模样惹得王亮只是笑。这时候，舞狮的老爷爷着急了，只见他撸起袖子挥起拳头对着狮子的头“哈”地大吼一声，猛击下去，狮子好像惊醒了似的，赶紧又舞了起来。随着老爷爷的指挥，狮子越舞越精彩，只见它“嗖”地一声就跳到了桌子上，一会儿站直，一会儿倒立，在小小的方桌上腾挪辗转，让人心惊肉跳。

看着这么精彩的表演，大家都叫好欢呼。王亮的手掌都拍红了，叫好把嗓子都喊哑了。更离奇的是，舞狮的老爷爷摘掉发套、胡须，竟是文化站的闫叔叔。王亮惊讶得半天合不上嘴。

晚上，王国平一回来，王亮就急巴巴地告诉了爸爸自己看舞龙、舞狮表演的情形，边说，边比画着……

第五章　王国平住进张大爷家

闫文华到窝棚来过多次，对王国平有些难以理喻。他总是那副固定的面容：清冷、淡漠，深邃的眼睛里满是戒备，甚至是冷酷。偶尔唰地一亮，在如同电光石火稍纵即逝的目光里，显出一种难言的焦灼和痛苦。出于对他们父子生活现状的同情和关心，出于对龙狮道具制作工艺后继乏人的担忧，闫文华决心要攻破这块坚冰。

那次短暂的交流，得知王亮已经八岁时，他心里似乎被谁凭空狠狠地捏了一把。他一直以为王亮只有五六岁，看他的小模样，也只能是五六岁，不承想已经八岁多。可能是父子俩的日子过得太艰难，这孩子发育不良吧。

他觉得王亮似乎有一种与生俱来的忧郁心态，这从他面黄肌瘦的小脸和缺少光彩的眼睛就可以看出。

闫文华有空时就到窝棚走一趟。有时，带一本儿童书籍、一双鞋子、一套衣服，虽是半旧的，但都收拾得很干净。

他想不明白，王国平在捡拾废品的时候，王亮跑哪儿去了？他来过多次，都没有见到父子俩的面。王亮是和王国平一起捡拾废品，还是独自游荡？

…………

上学，是王亮的一个梦。

为此，王亮不再睡懒觉了。爸爸一动身，他也跟着起来要一块去。王国平阻止了几次，看他决心要去，也就不再阻拦了。

到底是小孩子，手脚要快得多，每每从垃圾箱里翻找到纸板、酒瓶、饮料杯等等，他都开心得不得了。有了王亮的助力，王国平每天都能往废品收购站送货。晚上回来早一点儿，也有兴致给亮宝贝儿讲讲故事。

有希望、有目标的生活是十分美好的。

他们将废品想象成了幸福与好运。

王亮将幸福与好运具体化了：我有一个新书包，是自己喜欢的蓝颜色，书包里有很多铅笔，还是不用削，自动的那种；我可以穿上新校服，和同学们一模一样，别人再也不会骂我“臭拾破烂的”“小叫花子”；我还可以和同学们一起踢足球，在运动场上比赛跑步，自己一定是第一名；我还有陀螺，我手上有劲儿，可以不停地抽动，让它滴溜溜地旋转，转得就只有影儿……

王亮的嘴里开始哼起歌儿了。

有时候等爸爸睡了，他就无声无息地爬下床，然后就悄悄地跑进夜色，跑到学校的操场边，隔着栅栏望着操场笑。

月亮在云里，云在流动，月亮就在烟一样的云里模模糊糊地飘游。月光下，操场上的运动器材，闪烁着别样的光，十分动人。

王亮喜欢各种小动物和植物，他似乎觉得，他与它们之间有一种会意的交流。他会快速地爬上树梢，数鸟窝里的鸟蛋；会扯着柳条儿，打着秋千玩；会把小鱼儿晒在干地上，看着它挣扎……这些，他的动物世界，他的小技艺，上学后，他都打算和他的同学们一起分享。

躺在窝棚里的王亮，欢快地想着把那些小动物送给同学的情景，在清香湿润的空气里，不一会儿就睡着了。

…………

王国平这段时间有点儿不要命地奔忙。除了早晨捡拾废品，下午、晚上他不让王亮跟着他。这段时间，他白天到货场给人下货，晚上去街边大排档打小工……只要能挣钱，他什么都肯干。

这段日子，王国平觉得自己的灵魂、自己的斗志，因为亮宝贝儿上学而得到激动人心的升华，这种责任感火一般地燃烧着他的心灵。

盛夏即将来临。天气晴朗，草木正随着阳光的增温，蓬蓬勃勃地生长着。马路边上的白杨树在不知不觉中，将嫩绿的叶子转成墨绿。汉江边的芦苇已将浓影映在水面上，有几枝芦花儿正慢慢从芦秆中抽出，探头探脑地来到还微带凉意的空气中。大街小巷一下子多彩起来。街上的行人，衣服五颜六色、丰富多彩，脸色也温润鲜活了许多。傍晚，马路上、河边上散步的人多了起来。白日很长，吃过晚饭，夕阳的余晖正从西边的天空慢慢散去，人们在明净的天色下走着，一个个笑眯眯的。这座汉江从中穿过的城市，显示着温婉、生机和活力。

王国平始终关注着学校校门前的告示栏，终于看到学校招生的通知，第二天就开始新生报名了。他准备带着王亮如期报名。

一大早，王国平和王亮就起来了。父子俩着意打理了一番，倒也十十净净，齐齐整整的。

刚进小学校，就看见许多来报名的新生和家长。孩子们兴高采烈地东张西望，大人们则相互交流……

“孩子多大了？叫什么名字？男孩还是女孩？你家的户口本带了吗？”负责报名的老师温和地询问

“孩子叫王亮，八岁九个月，男孩子。”

“你家的户口本？”

“我家没有户口本，但是住在学校的附近，就在那高楼的后面。”

…………

无论王国平怎么说，怎么请求，没有户口，这一条就足以让王亮无法报名上学。

父子俩头低低地垂着，仿佛压了一块沉重的磨盘，沮丧地回到了窝棚。

王亮听到肚子咕咕咕的叫声，才想起他和爸爸一天都没有吃饭。

他在窝棚里找了一番，一点儿吃的也没有。爸爸从学校回来后，就蜷坐在地上，眼睛直直的。他不敢叫爸爸，只好悄悄地走出窝棚，想找点儿吃的。

“爸爸！你吃点儿东西吧。”王国平看着双手举着馒头的小手，他一把把王亮揽进怀里，摩挲着他的后背。

“亮宝贝儿，爸爸对不起你。”

王亮摇摇头，但眼泪涌了出来。

“爸爸对不起你……”

想着上不了学了，王亮感觉特别的失望，面对今后不知道怎么办的生活，忍不住失声痛哭。

“爸爸对不起你……”王国平像是犯了不可饶恕的罪行，一遍又一遍地重复着这句话。

父子俩就这样哭哭停停，停停哭哭。

…………

“你们父子俩今天怎么了，抱着哭上了？王亮，这是你姨做的炒米饭，来！趁热吃了！”

“闫叔叔，你来了！”王亮用手臂擦着眼泪招呼道。

闫文华一把拉起王国平：“兄弟，遇到什么难事了？说出来吧，大家共同想办法，没有什么过不去的坎。”

王国平觉得，在这个世界上，他只有黑暗和悲伤，他不配有阳光、鲜花，不配有温暖的友情。

仅仅一声兄弟，一句温暖的话儿，又把王国平惹哭了。

那哭声是压抑的，是沉重的，在傍晚挣扎、扭曲着，鞭子一般抽打着将黑的天色。

王国平觉得自己真是个无能的家伙。愤怒、郁闷、恼羞和压抑混杂在一起，使他简直要发疯了。此刻，哭，是他唯一的出口。

闫文华走到王国平身边，蹲下身去，用劲掰开他两条僵直的胳膊，把他扶着坐起来，抱入胸怀，让他哭得踏实些，痛快些。

王国平絮絮叨叨，声音很低，像是这些话根本没有从他的脑子里经过，只是嘴唇发出的一些他自己毫未觉察到的声响。

…………

“为了挣钱，为了所谓的事业，我入魔了。我的灵魂已不再属于自己，而是被攫取、反扑、自我麻醉等等无数恶劣的欲望所牢牢地控制了。

“当二婶扑过来撕扯我的脸时，我知道自己有不可推卸的责任，可我也没有办法呀！我也是想挣钱呀！也是想带着家族里的人奔向富裕呀！”

…………

闫文华至此才算明白，王国平为什么流浪，为什么躲着人，是想快速暴富，是想一下摸中五百万彩票，类似于人们常说的“传销或者是传销的变异”将他往罪恶一步又一步推进——至少是加速了他的毁灭。

王国平是被这种沉重的悲哀与羞愧所纠缠，惶惶不安，不可终日，觉得这个世界索然无味、空虚一片。创业、挣大钱的理想破灭了，亲戚、友人、同学被他骗进来了不少，现在没有分文的回报。若不是这个孩子，他也早成了一缕烟。他不可能回家，收养了这个孩子，也是跟着自己受苦，还不能让他上学。

闫文华才知道，王亮的生命是不幸的，当他在人世间发出第一声响亮的哭声时，母亲便永远地沉默了；刚出月，父亲从工地的高楼摔下来，死了。叔叔和婶婶将抚恤金连同他一起收留。仅仅收留了两个多月，叔叔和婶婶外出打工的第一个月，就将他遗弃在中转站的垃圾箱旁边。

目前的王国平一盘的僵局，闫文华决心要帮助他。

闫文华坚信这世界上还有许多光亮，每个人都有自己的光亮。他想帮助王国平找到他的光亮，让他分清现实和梦境，让他正常生活，努力之后看到未来。

痛哭，恣意地痛哭，让王国平压抑的情绪得到缓解。闫文华也主动提出为王亮上学的事想想办法。

王国平终于打破了心中的坚冰，两个中年男子絮叨了许久许久。靠在床铺上的王亮，在两个中年男子的交谈中，或许领悟到了一些什么，爸爸悲痛的哭声，紧皱的眉头，凝重的神情，都让他小小的心灵紧紧揉捏在一起，不敢多言半句。

…………

当闫文华从窝棚出来时，月亮早已升上了中空。

悲伤的色彩总会逐渐变淡，时光不紧不慢地往前走着。

在闫文华的多次鼓励下，王国平终于应邀来到文化站。文化站在龙江小学的背后，乡政府的侧面偏厦的农家小院内。刚进院子，迎面就碰到一条狗，他下意识地往后退了两步。这条狗抬起头来看着他，目光很温和，全然不像初次相见的目光。他尝试着朝它点点头，它居然摇了摇尾巴，好像也点了点头。王国平的心里慢慢放松下来。

农家院内到处都放着东西，竹片、木头、纸、布头、铁丝、稻草等，木架子上有两个成形的道具龙头、狮子头，一位老大爷正在专心地用麻片和铁丝制作龙须……

王国平的爷爷和父亲都是制作龙虎道具的工匠，每当农闲时，大人在场坝制作道具，他也跟在后面学做小动物，这个爱好一直陪伴他上了大学。

“小伙子，你叫王国平吗?”一个苍老的声音打断了他的思绪。

这个胡须斑白的老大爷，叫张有财，是村里的五保户，会制作龙舞道具。闫文华早已跟他讲过王国平的情况。

“是我，大爷!”

王国平边说边给张大爷打着下手。这爷儿俩还真投缘，两个时辰过去，竟然有说有笑，相处得很融洽。

…………

经过闫文华不懈的努力，校长终于答应，让王亮以旁听生的身份，进入一年级学习。

这天，闫文华特别高兴，因为张有财大爷主动邀请王国平父子住到他的小院里去。

临搬家的前一天，闫文华请王国平父子洗了个澡。

王国平一再推辞，说自己弄儿点水就洗了。闫文华执意要让王国平陪他进澡堂，说他许久没有进澡堂了，一个人不好意思去。

王国平知道，闫文华是想让他畅畅快快地洗个澡，借口说自己一个人不好意思去。他的心底油然升起感激之情，红着眼睛，低下头答应了。

第二天一大早，王国平就和王亮起来，把小窝棚收拾了一通。床单、被褥以及他们二人的脏衣服，全都抱到不远处的施工龙头，好好洗了一遍，晾晒在铁丝上。他又取出闫文华给他和王亮的换洗衣服，捧到鼻子底下闻了闻。衣服有肥皂味儿，只有五成新，但很干净。一定是闫文华洗过之后才送过来的，想到这儿，他的鼻子又有些发酸。他把这些衣服装在塑料袋里，想着在澡堂里洗澡，内心忽然有了一种压抑不住的激动。在澡堂里洗澡，对他来说仿佛是上个世纪的事了。

大学毕业一年多，就被同学拉进打着“国家扶持行业”旗号，“资本运作”的集团群体，刚进去第三天，也曾集体泡过澡，大家互称家人，仿佛个个都是千万富翁，信心满满，他深陷其中……头，突然剧烈疼痛起来。他不敢再想了。

闫文华也邀张有财大爷一同来，他们四人一起来到脱衣间，一片雾蒙蒙的。闫文华三下两下就将王亮脱得一丝不挂。王亮有些害臊，忙用双手捂住裆部。

四人先是在池子里泡，只露了个头在水面上。王亮初次进澡堂，皮肤嫩，才泡了一小会儿就嚷着要出池子。王国平也就随了他的意。

王亮在雾蒙蒙中，看到许多光着的身子在雾气里闪动，好奇地大张着嘴。过了好一会儿，能够看得更清楚了，他看见了让他又惊喜、又害羞、又愉快、又奇特的景象：有许多人站在莲蓬头下淋着，或仰着脖子，或低着头，或闭着眼睛，一会儿伸着胳膊，一会儿用手在身前身后搓着。澡堂里竟然有床，一个人平展展地躺着，另一个人将毛巾裹在手上，使劲地搓，使劲地擦，许多泥条随着毛巾滑出来了，那人舀起一桶水，哗地泼在躺着的那个人身上，泥条就全不见了。有的人只将一颗脑袋露在水面上，身体的其余部分全泡在水池里。他看见爸爸和闫叔叔就这样泡着，真好笑，就像落水的老鼠一样……咦！有小孩子呀！他们竟将水池变成了游泳池，双手扒在池沿上，双脚使劲地扑腾，水花四溅，真是好玩儿。王亮立马加入了这个队伍。

闫文华、王国平、张有财大爷直泡得浑身发红，连眼珠儿都有些红。他们觉得五脏六腑都暖烘烘的，血液快速地在全身奔突着，一阵阵的，有些晕麻，却很舒服。他们直泡得脚上、手上的老茧变软变白，才从热水池出来，站在淋浴龙头下，互相搓着。王国平身上那泥卷儿扑簌扑簌地掉下来，搓了好几次，黑脖子、黑手腕才搓干净了。四人身上已被搓得鲜红，显得健康而有生气。

从澡堂里出来，四个人满面红光，眼睛活泛有神，一经微风吹拂，更觉得浑身舒爽，仿佛脱了一层壳一样。

自此，张有财、王国平、王亮祖孙三人开始了一家人的生活。

第六章　借读乡村小学

得知在闫叔叔的帮助下，自己后天就可以上学了，王亮被全身心的幸福弄得浑身发颤。他高兴地跑出张爷爷家的院子，宛如一匹撒欢儿的马，在灯光绚烂的大街上狂奔起来。他的身影在灯光的照耀下不停地变化着。他跳着、跑着、哼唱着，就像被鞭子抽动的陀螺，转呀、转呀的，又如同装着永动机的轮盘，停不下来。他使劲地刹住脚步。这时，他感到天旋地转，眼前的路灯、树木在一排一排地倒下去，又直立起来。他终于没有站稳，一个踉跄撞到了树上，随即又一屁股跌坐在地上，额头疼得不得了，他咧着嘴，眼睛里疼出了泪。但他望着树却笑了：

“老天爷，你知道吗？后天，我就可以上学了！上学了！”

又想起突然不见的好朋友小草龙，大声喊道：“龙龙，我要上学了。你在哪里呀！快回来呀！”

只有蟋蟀从砖的裂缝中爬出来，窥视着他。

…………

晚上，明亮的灯光下，张爷爷的面容显得格外的慈祥与庄严，也显得格外的苍老。

王国平四平八稳地端坐着，叫王亮到跟前来：“亮宝贝儿，过来。”

王亮赶紧把手上的小草动物放下，端端正正地坐在爸爸面前。

“明天就上学了，你这个学上得不容易，多亏了你闫叔叔帮忙。要不，我们上不了学呀。你要好好念书，别老想着玩儿。要和同学们好好相处，多干活，扫地、擦桌子什么的要抢着干。干活累不死人，咱不惜力，要听老师的话……”

爸爸的话，像汉江的江水一般，不住地流淌。只见他说着说着就笑了，但随即从眼角落下泪珠来。那泪珠流过后，在脸上留下两道粗浅的发亮的水线。

“知道了，爸爸，我一定会好好学习的。”

…………

张爷爷看着对话的父子俩，满眼的慈爱，脸上的每条皱纹褶子里都是笑意。他这个孤老头，总算有了儿子和孙子了，也算是积了福呀。

几天的连阴雨，终于停了，多日不见的阳光，哗啦啦地洒满大地。一直低垂而阴沉的天空，一下子扶摇直上，变得高远而明亮。

王国平领着王亮走进学校，正值课间休息时间，操场上到处都是欢乐玩耍的学生，一片欢乐的海洋。王亮看着喧闹的操场，心中充盈着期盼，激动而热切。

开学已经半个月了，新生王亮被插入一(3)班，坐在教室的最后一排。

老师对大家说：“同学们，从今天起，这位叫王亮的同学，就分在咱们一(3)班，是你们的同学，希望大家多关心帮助他。”

王亮的心欢欢地跳动着。

突然来了这么一个新同学，全班学生都感到很新奇。

下课铃声一响，许多同学围了过来，叽叽喳喳地问王亮。

“喂，你叫什么名字？”

“哎，你怎么才来呀！我们都上了两个星期课了。”

“你的书还没有发吧！”

“你好瘦呀！”

“你在哪儿读的幼儿园？”

“咦，你怎么嘴上有个缝隙。”

…………

王亮如同在薄冰上走着，心里充满了紧张和激动。看着一圈同学七嘴八舌的样子，他低下头，瓮声瓮气地说："我叫王亮。"

片刻他又抬起头，看了一下同学，又迅速低下头："我还没有书。"

"同桌，我叫刘强，碰碰拳头，算是好朋友了。"看着邻座伸到面前的拳头，王亮赶紧把自己的拳头伸出去，拳头相碰之时，引来了大家的欢笑声："我也来碰一下！"

"我来碰一下。"

丁零零！丁零零！上课铃响了，同学们如小鸟般飞散到各自的座位上。

王亮的到来，给同学们带来了新奇和欢乐。

上课时，刘强把他的书放在中间，两人同看一本书。

时间很快，一晃就放学了。

一出校门，同学们有家长接的，有自己往回走的。王亮因为住在张爷爷的家里，反倒离学校最近，一转弯就回到了家。

一进家门，他就开心地给张爷爷说起学校的事情来。

傍晚，闫文华一迈进张大爷的院门，就看见爷孙三人，一人端着一个大碗在吃饭。

"吃的啥好吃的，这么香的。"

"闫叔叔，吃的浆水面条，给你来一碗。"王亮一见闫文华进来，抢先回答。

闫文华鼓励地拍了下王亮的肩膀："到底是上了学了，就是不一样，主动招呼人了，不错！"

闫文华给王亮带来了笔和本子，问了问上学的情况，又叮嘱王亮要好好学习，就与张爷爷和王国平商讨起制作草龙的事情。

天上，镶满亮晶晶的星星，明亮的月亮，像只擦洗过的大银盘。远处林子里，鸟儿已收拢了翅膀，闭着嘴巴，准备着迎接夜晚。随风吹来的草木香味儿，让人舒服又安心。

王国平多年来的暴躁、畏缩、固执、乖戾、冷漠、不近人情，已渐渐得到了纾缓。

王亮从小瞧着爸爸喜怒无常的脸长大——冷冷清清地长到了九岁。九年，养成了他用一双眼睛战战兢兢看人脸色的习惯。九年，没有和小朋友一起相处的时日，没有上过幼儿园，他的内心非常渴望融入小伙伴中去。

每天上学、放学的时候，许多家长都等在学校门口，接送自己家的孩子。

这天，王亮和同桌刘强手拉手走出校门口。

“咦，你不是那个捡破烂家的孩子吗?”

一个胖胖的中年妇女看到王亮时发出这样的疑问。

“妈妈，他是我的同桌，叫王亮。”

原来，这个胖胖的中年妇女是刘强的妈妈。

“阿姨，我爸爸是收废品的，不是捡破烂的。”王亮认真地纠正着。

“噢，你爸是收废品的，不是捡破烂的。你妈妈呢？怎么没有见过你妈妈？也不给你洗洗，一身的味儿。她是不是跟有钱人跑了?”王亮能感受到刘强妈妈话中的不怀好意，看了看她，转身就跑了。

“一个捡破烂流浪人的孩子，也像模像样地上起学了。你闻那身上臭的，走过来就像担着屎尿桶一样。”

“哪个?”

“就刚才和我说话的那个。”

“……”

几个接孩子的中老年妇女，家长里短、絮絮叨叨的声音，追了王亮好一会儿。只要有一点风儿，就能把她们的话传送到王亮的耳边。王亮咬紧嘴唇，一声不吭地快步往家里跑去。

回到家里。

张爷爷正在厨房做饭。

爸爸不在家里，又去捡拾废品了。

王亮愣愣地坐在小院里，爷爷催了好几次让他吃饭，他也没有动。爷爷索性不管他，自个儿忙碌去了。

时间已过去很久了，王亮也不觉得饿。他凝望着无边无涯的天空，牵肠挂肚却又很虚幻地想：妈妈，您在哪儿呢？

他从来就没有见过妈妈。

这孩子满脸闪动着泪光。

直到爸爸拖着大袋废品回到家里，他一头扑进王国平的怀里：“爸爸，我要妈妈。我妈妈到哪里去了？我要妈妈！”

王国平愣了一会儿，安抚地拍了拍王亮的背：“亮宝贝儿，妈妈到很远的地方打工去了，等你长大，她就回来了。”

王亮小声地哭着说：“我已经长大了，我都上学了。”

“是说你上大学的时候，你妈妈就回来了。”

听到爸爸如此说，王亮委屈地大声哭了起来，号啕声在夜空中振荡着。

王国平很无奈，也没再理他，转到厨房吃饭去了。

张爷爷耳朵极背，根本听不到哭声。

王亮的哭声渐渐地弱了下来，哭着哭着就睡着了。

等王亮坐起身来，揉着惺忪的眼睛时，张爷爷和爸爸的呼噜声已经此起彼伏。他站在院落里，弄不清楚自己是什么样的心情。夜空挂满了星星，月亮像一只钓鱼的小船，仿佛航行在宽阔的银色的长河里，仿佛也在寻找它的妈妈。

自此后，王亮不爱讲话了，情绪消沉，脾气暴躁，动不动就生闷气。

“妈妈呢？是呀，妈妈到哪里去了？什么时候才能回家？”他心里无数次地询问，但也仅仅保留在心里。

王亮的脾气很犟，此后，他再也没有问过妈妈的事。

时光不紧不慢地往前走着。

王亮坐在书桌前，似乎是在看书，而实际上根本一个字也没看进去。他觉得读书索然无味，一点儿意思也没有。

上学的日子，开始过得很慢，经常一整天王亮都没办法集中精神。

一天下午，数学老师突然有点儿粗鲁地向王亮提问："王亮?"

但王亮没有听到，那时的他在自己的世界里遨游，一会儿在想着龙龙，一会儿想着妈妈是什么样子。

"王亮!"

"到!"王亮本能地回答。

同学们哈哈大笑。

"你没开玩笑吧？你确认你在教室里吗?"老师问他。数学老师的讽刺从来都是这么及时。

他站起来一说话，就有些结结巴巴的。

他特别害怕被叫起来回答问题，一说话就结巴，觉得全班同学的眼睛都盯着他。

他刚坐下，教室里就爆发出一阵哄堂大笑。在这讽刺般的笑声中，王亮感到自己越来越笨。

他的情况越来越糟了，感觉到学习越来越难。

倒数第几名的分数，就像是熟透腐烂的水果从树上掉下来一样自然。

转眼已经来到微凉的十月，院落里树上的松鼠还是一样调皮地跑上跑下。

王亮的同桌刘强过生日，他请了许多同学到他家，但没有邀请王亮。

班长提议，让他一同把王亮邀请了。

"我妈妈说他脏，不让我请他。我得听妈妈的。"刘强无奈地说道。

但是这句话，还是让王亮知道了。王亮觉得受到了奇耻大辱!

我很脏！太侮辱人了。我经常洗澡，每天洗脸。我脏在哪里了?

正气恼时，刘强从他面前经过。他拦住问道："喂，我问你，我哪里脏了?"

"我没有说你脏!"

"你妈说我脏了。"

"我妈是说了，说你身上有味儿。"

啪!

王亮就打了刘强一耳光，一记响亮的耳光，想给他一个教训，让他记住不能随便说他坏话。

刘强也不示弱回了王亮一拳头，打在王亮肩膀上。

王亮也不客气，又是狠狠一拳打在刘强的脸上。

女孩子看到刘强鼻子里出血了，大声尖叫。

看到刘强的鼻血，王亮心里有一种异样的满足，下手更快、更狠。

班主任很快赶到，将两人带到教师办公室。

王亮解释说，他之所以打刘强，是因为他们骂他脏，但是他不脏。当他大吼自己不脏的时候，他认为根本没有人听到。

刘强小声地哭泣着。

班主任听了王亮的话，却是一副心不在焉的样子。因为这所学校让他感到心烦，他也不甚耐烦地对王亮说："很明显，你不是脏孩子，别人爱怎么说就怎么说吧。他说你坏，你就坏了吗？为什么要让别人给你卜标签呢？"

一听这句话，刘强胆怯地抓住机会说：

"就是，那是我妈讲的，又不是我讲的……"

…………

就这样，后续的事情开始了。

刘强的妈妈冲进教室，指着王亮气呼呼地骂他：

"一个臭烘烘、脏兮兮的破烂王，你以为你是个什么东西？乞丐就是乞丐！又脏又臭，浑身是虱子，看你自己是什么德行？竟然和我孩子做了同桌！"

刘强的妈妈指着王亮谩骂得正起劲，看到了王亮冰冷而毫不示弱，甚至带着几分挑战的神情，语气越发激烈起来。

…………

刘强的妈妈因为这事，大闹了学校好几次。同学们也小声议论着，因为这一切，王亮开始讨厌刘强了。

个别同学拿王亮开心，下课休息或放学的时候，大家便背地里七嘴八舌地嚷嚷着“小破烂王，小破烂王”，故意讥笑他。

这些刺耳的话语，一旁经过的王亮当然也听到了。他觉得有点儿难过。但他又是个性格倔强的孩子，谁讥笑他，他就会冲过去，与那人打成一团。

王亮和班上的另外两个调皮的同学，一有机会就会在背后捉弄刘强，寻他开心，也让他吃够了苦头。为此，老师也罚过他们多次。

渐渐地，有些同学就有意无意地避开王亮。大部分的时候，只要王亮想要加入某一群人的谈话，那边原本热闹的气氛就会顿时僵住，而识趣的王亮也不会像以前那样主动跟同学们聊天了。

慢慢地接送孩子的大人们都知道王亮了。刘强的妈妈每次见到他，就会十分厌恶地小声说一句：“讨人嫌!”然后拉着刘强，快步走了。

许多大人会掉过头来瞥他一眼，充满了嫌弃，没有人理会他。

这个学校的许多孩子，父母都在外地打工，或者和爷爷奶奶生活，或者寄住在亲戚家。也有孩子自己生活的，父母只在过年的时候回家。因为父母常年在外，心里总觉得对孩子有些愧疚感，于是产生对孩子溺爱过度的现象：即使自己的孩子做错事情，也从来不给予指导和纠正，久而久之，就造成孩子行为上的偏差。

王亮早已隐隐约约地感觉到了周围目光中的异样和陌生。他瞧见了一种隔膜。他无忧无虑的笑容开始减少，那明澈的眼睛里，也滋生出淡淡的忧伤。他变得越来越敏感，像一头走出林子来到草地上的小鹿，小心翼翼地听着四周的声音，怯生生地看人的眼睛，看着四周的变化。他也没有朋友，喜欢独自一人玩耍：独自一人在草丛里扑蚱蜢，独自一人在河边舀蝌蚪玩，独自一人用爸爸编织的小动物扮演各种角色……

王亮竟然越来越害怕上学了。

到了学校，一看到作业本上一个一个字格子，王亮就开始犯困了。他感觉自己从来没有这么困过。他也很烦忧。如果一直和瞌睡做斗争，那么，他自己就会很难受，所以他就闭上眼睛。不一会儿，他又睁开了眼睛，因为感觉自己头疼——原来是老师在用教鞭敲打他的头。诸如此类情形的上课，对于王亮来说，是家常便饭，但又屡教不改。

他的心思总是像一只不安分的羊，总是惦记着能够到处乱跑、乱窜。

语文、数学、英语对王亮来说，都是拦路虎，凶狠到不可战胜。音乐、绘画、体育则是他的好朋友，老师一教就会，甚至还能给老师当个小助手。比如，他最喜欢的校歌，就唱得非常的好：

我们的学校，知识启蒙的温床。
美丽的校园，宽广的操场，
科技的宝地，艺术的殿堂，
这是我们学习生活的美好地方。

敬爱的老师，充满关爱和慈祥。
循序的教诲，细心的培养，
善意的引导，殷切的期望，
你是我们获取知识的可靠保障。

我们的同学，满怀新奇与向往。
无猜的友谊，求知的欲望，
共同的进步，明天的理想，
幸福欢乐伴着我们都茁壮成长。

第七章　小学校里的调皮蛋

时间过得飞快，一周又一周，一月又一月，转眼一年又过去了。

王亮在学校的情况越来越糟。因为课程越来越难，放学回家复习功课时，他常常很疲惫。王亮觉得自己不是学习的料，他越来越害怕上课了，

“我告诉你，你赶紧回房间，给我分分秒秒，不停地学习。懂吗？学习！”

王国平翻来覆去地教导。只是这种反复的说教，仿佛海浪对岩石的冲击，对王亮几乎没有作用。

王亮的座位在最后一排，挨着窗户。

不想听课时，王亮的思想就随着目光越出窗外，在操场上游荡，有时还飘得更远，闯进低矮的村舍，钻入茂密的树林，越过原野，爬上山岗，直到遥远的天际。外面多美好啊，空气清新，阳光明媚，微风吹拂着树梢。

他们知道我脑子里动着什么念头吗？他们知道我心里是怎么想的吗？他们知道我为什么念不进去书吗？我敢肯定，他们什么也不知道。要是有人关心我、爱护我、帮助我，要是我能得到正常的母爱和父爱，我学习肯定不会这么差。既然这样，他们有什么资格叫我傻瓜呢？有什么资格侮辱我呢？

跟王亮同班的一个同学——李富恒，他的妈妈在三年前的秋天得癌症去世了。

那时候，李富恒的妈妈知道自己得了癌症，撑着病体赶在时间还来得及之前，亲手织了十一件毛衣毛裤，一年一套，可以让李富恒一直穿到十八岁，最后还用余线给他做了个小毛熊。李富恒的妈妈在做完这些之后，就离开了人世。

李富恒是个性格非常内向的孩子。因为想念妈妈，这几天，他都带着小毛熊到学校。他将小毛熊放在抽屉里面，有事没事就拿出来看一下，或者，用手轻轻地触摸着小毛熊。来上课的老师们都知道李富恒的情况，所以，也就没有加以制止，反而对于他的处境都有些怜惜与同情。

王亮对于李富恒的小毛熊很是好奇，想拿过来玩会儿，对他说了几次，李富恒就是不给他玩儿。

这一天下课的时候，王亮和他的两个伙伴张小奇和周三娃在教室角落里嘻嘻哈哈地说着话。张小奇叫李富恒到角落来，说是有话要说。李富恒刚走过去，王亮突然跑到李富恒的位子上，打开抽屉拿走了那个有纪念意义的小毛熊。他拿起小毛熊左看右看，觉得没有什么了不起的，就丢来丢去地玩儿了起来。

李富恒一看王亮拿了他的宝贝玩儿，又学习气又恼，紧张地大叫起来。

“还给我，那是我的小毛熊，你还给我！”李富恒涨红了脸，气哄哄地大声叫道。

“嘿嘿，来拿啊！有本事来拿啊！”调皮的王亮对着李富恒吐了吐舌头。

“哈哈哈——”其他的男同学在一旁笑着。

见王亮、张小奇、周三娃和李富恒这样的争夺很有意思，好几个男孩子也参与进来了。

争夺过程中，刺啦一下，小毛熊肚子上的线扯脱了，被张小奇手指一带，小毛熊肚子裂开了，里面的棉花也掉了出来。

“呜——”李富恒号啕大哭起来，伤心的模样，吓倒了全班同学。

王亮不以为然，大声对周三娃讲：“三娃，至于吗？一个小毛熊，在垃圾堆里都能捡到。”

正哭着的李富恒，一听这话，对着王亮就直冲了过来，二人厮打在一起。

…………

“干什么？住手！”班主任一声断喝。

他两手一拨拉，就把二人分开，从地上拉起来。王亮的袖子撕裂了。

李富恒的脸青了一大块，正怒目瞪着王亮。

“怎么一回事？长本事了！竟然在教室里打起架来了？”

“老师，王亮把我妈留给我的小毛熊撕裂了，——呜！”

一个同学把撕裂的小毛熊拿给了班主任。

班主任阴郁着脸，看着王亮：“你说，到底怎么回事？”

“我……我……”原本只是想调皮一下的王亮，压根儿没想到会发生这种事，面对严厉的班主任，有些害怕，吓得发起抖来。

“去，教室后面站着，不许坐！还有谁？自己主动站出来！”班主任看着挤成一团的男孩子，沉郁的脸色能拧出水来。

周三娃缩头缩脑地站了出来。紧接着，张小奇也迟迟疑疑地站了出来。

班主任冷冷地看着他们，没有开口批评，气氛显得更压抑了。王亮几个人心里打着小鼓，不敢动一动。其实，班主任很想骂人，只是心情有些难过，反而不想说话。

刚才还在哭着的李富恒也感受到严肃的气氛，停止了抽泣，愣愣地看着班主任。

“你们几个站在左边，面向墙壁，自己反思！”班主任指着教室后面。

周三娃几个赶紧悄悄地往后面走。

“分开站！”班主任让王亮一人居于一角，其余几个在左边相距而站。

班主任老师拿着小毛熊领着李富恒回到教师办公室，他安慰了李富恒，又麻烦小李老师找人帮着缝补小毛熊。

…………

当得知李富恒妈妈的事情后，王亮肠子都悔青了。实质上，李富恒和他一样，也是一个没有妈妈的孩子。班主任的批评他全面接受

第二天自习课上，班主任老师让王亮、周三娃等打闹的男孩子分别上讲台，当着全班同学的面，当众检讨捉弄同学的不良行为，并向李富恒道了歉。

看到王亮当着全班同学的面给他道歉，李富恒眼睛里噙着泪望着王亮。

…………

王亮和李富恒成了好朋友，他最爱听李富恒讲他妈妈的事情了。有个忠实的听众，李富恒总会讲起和妈妈在一起的那些难忘的往事。

“你很想你妈妈？”

李富恒点点头。

“我也很想我妈妈。”王亮情不自禁地想念着妈妈，虽说这个妈妈他从未见过，但他心里有了妈妈的模样。

“我梦见我妈妈了。”王亮一副幸福无比的样子，“我妈妈长得很漂亮很漂亮，真的很漂亮。她有一头长长的柔软的披肩长发，长到腰间。她的牙齿特别特别的白。她朝我笑，还朝我招手，让我过去。我过不去，怎么也过不去。我看到妈妈眼睛里都是泪，亮晶晶的。我朝妈妈招手，妈妈却不见了，但半空里传来妈妈的声音：‘我在远方，会回来看你的……’妈妈的声音好听极了，一直钻到我的心里。”

…………

他们的头上，是一幅蔚蓝的春日天幕，他们的面前，是一片蓬勃的葱郁年华，一切都沉浸在奇妙的欢乐之中。微风拂过，操场边传来一阵悄悄的耳语，树木浓密的影子迎风摇曳，令人心旷神怡的舒适抚慰着他们孤单的心。

从太阳晒热的土地上望去，蔚蓝的天空显得明净清澈，白云在头顶上徐徐地浮动，似乎要融化在天空中，使人觉得格外新奇。

…………

星期天，一早就有阳光暖暖地照耀着大地。枝头上的小鸟也跳上跳下，吟唱着悦耳动听的歌曲。

王亮独自坐在汉江河堤的栏杆上，出神地看着猪妈妈带着一群小猪在河堤的草地上一边吃着草，一边快活地摇着短短的尾巴，不时发出吧嗒吧嗒的声音。小猪很幸福，因为它们身边有妈妈。

一只绿色的小青蛙从王亮脚底下蹿了出来。他想捉住它，可是它逃走了。

他追它，一连捉了三次都扑了空，最后总算抓住了它的两条后腿。看着这个小动物挣扎着想逃走的样子，他笑了出来。它缩拢大腿，使劲一蹬，两腿猛然挺直，硬得像两根棍子，围着一圈金线的眼睛因为使劲憋得圆鼓鼓的，前腿像两只手一样地舞动。

王亮用一根长长的草绳子绑着青蛙的腿，牵着它来回转悠，好玩极了。

王亮总觉得有一股莫名的力量在他还未长结实的身躯里冲撞着、奔突着，他也说不清那是什么。

他对着正走向堤岸的一头小猪狠狠地飞起一脚，只见他的一只鞋被踢飞到空中，然后像一只被枪击中的乌鸦，扑通一声落在草丛里。他一弯腰将它捡起，然后如扔铁饼，转了好几个圈，突然一抛，那鞋越过树顶，飞过一道矮墙，落在路边的围墙下。

他爬上了河堤上那棵高大的白杨树，稳稳地坐在一条横枝上，将两腿尽量撇开，悠闲地摆来摆去，很悠然自得的样儿。

他喜欢竖起耳朵聆听燕子叽叽喳喳的歌唱。这个世界经一颗少年的心的过滤，而显得充满童趣，让人感到天真而可爱。

下午，班上不爱学习的五个小朋友，相约着在街上打弹子玩儿。

此时，有一辆大货车开了过来，或许是视角盲区，或许是有意玩笑，那驾驶员好像没有看到马路边正在玩耍的五个小孩子，车轮紧挨着马路牙子唰地开了过去。靠马路牙子的那摊水，立马飞起成弧形，当即将他们五个淋得满身满头。

五个小朋友，当即站起身来，用手擦去脸上的脏水，他们都愤怒起来。

王亮更是气得牙咬得咯咯作响，跟着车跑了一小段，只见大货车停在路边一家餐馆旁，驾驶员出了驾驶室，进了餐馆。现在的王亮，再没有胆怯，就像一堆干柴那样，随时都可能被点着。

当王亮走近那辆货车，看到的是一车西瓜。他的目光不断地扫射，最后落在拴着车厢后挡板的绳扣上。他假装转着圈儿，好好观察了一下绳扣。

王亮回过头，叫来其他四个同学，密谋着一件事儿。然后，他们就在餐馆的窗外玩耍。不一会儿，王亮装成若无其事的样子，拿起一个塑料凳，让人以为他要过马路。一转眼，他就踩上了塑料凳，快速拿起绳扣，使劲但却极有分寸地拉着。他必须将那绳扣拉到要开不开，车身晃一晃就能脱开的地步。王亮的手极其灵巧敏捷，不一会儿，两个绳扣就完全按他所希望的那样被拉到虚扣的状态。

他又快速地将塑料凳放回店家门口，装作若无其事的样子，拿起路边的两个石块，弯下腰放到货车两个后轮前。

做完这些手脚，他吹了声口哨，呼唤同伴到前方不远处的对面马路上，热热闹闹地玩耍着。

过了好一会儿，驾驶员红光满面地出来了。

驾驶员一出来，他们几个人的目光就立即黏在驾驶员的身上。只见驾驶员上了车，不一会儿，货车慢慢地动起来，再一加大油门，只见货车微微往前冲了一下，碰到王亮预先放的石头，猛然晃动一下，就继续往前走了。王亮他们看到那绳子完全散开了，车上的西瓜争先恐后地摔出车外，跌到马路上。

王亮吼了一嗓子："啊！西瓜，这么多的西瓜。"随即马路两边的人都看到这一个奇观：西瓜从车上滚落下来，散落一地，多一半都摔裂、摔烂了；侥幸没有摔裂的，不停地向四面滚动，仿佛一群小动物在四散奔逃。

货车开出去了几十米，驾驶员才发现这个糟糕的事。他跳出驾驶室，望着马路上滚落的西瓜，还有捡西瓜的众人，猛跺着脚，大声阻止道："不许捡！不许捡！"

在他东奔西跑的叫嚷下，有些人将捡到的西瓜放回货车上，有些人却理都不理，抱着西瓜，径直走了。

驾驶员捡回去一小部分西瓜，一边抱怨着，一边重新拴好绳子，将货车开走了。

王亮和他的小伙伴们，各自抱了一个西瓜，蹲坐在路边的树荫下，把有裂纹的西瓜往地上再轻轻一放，西瓜就四分五裂，各人嘴里嚼着，对望着，打闹着。

王亮就像一个玩火的孩子。这孩子知道玩火不对，可是，看看四周无人，又情不自禁地把一片枯草点着了，望着那火越烧越大，他既紧张又激动，到了后来，见到火熊熊地蔓延，他又赶紧逃掉了。

回去的路上，这几个孩子就处在这种“玩火”的紧张、兴奋、激动、忐忑、内疚之中。

第八章　逃学寻找妈妈

坐在王亮座位前面的同学叫周强，因为他老流鼻涕，因此得了个“鼻涕王”的外号。

周强的家境不是很好，他的爸爸妈妈在他很小的时候就离了婚，然后各自又成了家，他爸爸把周强往爷爷家一送，就再也没有管过。

奶奶前两年去世了，爷爷年纪大了，种着一点儿地，靠着政府的低保补助，生活才勉强过得下去。

虽说家境不好，但周强养得壮实，比同龄人足足高出一头。天生一头又黑又硬的头发，留得稍长一点儿，如刺猬。眼睛短而窄，目光藏着股小兽的恶气。

许多同学都怕他。从一年级到四年级，他家里很少买好吃的东西，但他却不少吃。他把谁的名字一叫，说声：“你带煮熟的鸡蛋。”谁就得带煮熟的鸡蛋。过两天，他又叫谁给他带火腿肠，谁就得带火腿肠给他。

同学们基本上都给他带过好吃的东西。很多同学不敢惹他，要是惹了他，他就会用刁钻古怪的方法报复你：或者叫几个人，把你堵在学校的卫生间里，扒了你的裤子，羞得你没法出去；或者号召班里的同学都来冷落你，把你干晾在一边，让你孤单无伴，还不时受到捉弄。

谁也不敢告诉老师或家里的大人，告诉了，就会受到他变本加厉的报复。

因为王亮家里穷，周强从未让王亮带过东西。这天早上上学时，周强在街上看到文化站的闫站长端了一盘饺子进了王亮的家，就命令王亮中午放学给他拿饺子吃。一直等到快上课了，他才看到王亮急急忙忙地往教室里跑，竟然没有给他带饺子来。

放学后，周强带着两个帮手，守在路口转弯处：这是王亮回家的必经之路。

王亮看出周强的眼睛里透出一股恶意，显得有点儿尴尬与不安，有些慌乱，但他不想屈服，还是勇敢地迎了上去。

周强有些吃惊，冲着王亮嚷嚷起来："你是个野种。大家都看见了吧，他没有妈妈。他是从石头缝里蹦出来的！"

一阵寂静。一个孩子居然没有妈妈，这真是一件稀奇古怪、匪夷所思的事，孩子们听了一个个都呆住了。他们把王亮看成了一个怪物。

不一会儿，就纷纷嚷道："野种！王亮是野种！"

"王亮是野种！"

王亮想替自己辩解，可是他不知道怎么回答。他满脸憋得通红，最后不顾一切地大声嚷道："我有妈妈！"

"她在哪里哩？"一个大孩子问道。

王亮答不上来，因为他也不知道。孩子们顿时显得很兴奋，嘻嘻哈哈笑着。

"你没有妈妈！"

"你胡说，我有。"

"她在哪儿？我们都没有见过。"

"你是野孩子。"一个孩子突然朝他伸了伸舌头，大声说，"你没有妈妈，你是从石头缝里蹦出来的。"

王亮双手揪住他的头发，不停地踢他的腿。一场恶斗开始了，其他孩子也加入了这场殴斗，王亮被打倒在地，衣服撕破了，身上脸上，青一块紫一块，流着血。

这帮孩子围了一个圈子，一边跳，一边像唱叠句似的喊："没有妈妈，石头缝里蹦出来，没有妈妈，是个杂种。”

人群中时不时传来哈哈哈的笑声，这些笑声像是一只只巴掌，不停地抽在王亮脸上，让他难以承受。

无限的委屈和羞辱使他感到胸口一阵疼痛，王亮忍住满眼的泪水，紧接着他觉得憋得透不过气来，不由得抽噎起来，抽噎得浑身不停地抖动，一下子昏了过去。

…………

深秋时节，天色暗得快。

王亮苏醒时，已经是暮色四合了。

王亮木木地望着天空，直到一颗流星出现。它像一只闪亮的蜘蛛在漆黑的天空拉起了一根银线。王亮心里想：妈妈一定就住在这天空下的某一个地方……

他想着想着，心中有种说不出口、挥之不去的悲伤和对妈妈的思念。龙龙也不知飞到哪里去了？这个外星的朋友，快快出现呀！若是龙龙在，或许能告诉他，妈妈在哪里。

这是在梦里吗？还是醒着呢？

月亮，明晃晃，照得世界成了半透明的。月光下的田野、树木、河流，仿佛也似真似幻，恍恍惚惚。

王亮做了一个甜蜜的梦，在梦中走进一间房子里。

桌上摆着饭菜，热乎乎的饭，香喷喷的菜。

在饭桌边王亮看到了妈妈。妈妈很漂亮，正微笑地看着他。

“饭？可真想吃暖热的饭哩。这是妈妈给我做的饭。”

“快吃吧，孩子。妈妈爱你，也想你。你的书读得怎么样啊？”

“书？我正在学校上学读书呢。好像有一天，妈妈还给我买了本童话书哩。”

“好孩子，一定要好好学习呀。你在挠什么？身上痒痒吗？”

“对，我老是浑身痒痒。虱子和跳蚤太多啦。妈妈常给我洗衣服。所以，虱子和跳蚤全没有了。”

“这是星。天空的星。”

“星星。我一望见星星，总会想起妈妈。”

四周不知怎么又完全黑了。

王亮觉得自己似乎站在一个奇异的舞台上，沐浴着橙黄色的灯光。可是妈妈哪儿去了呢？

刚想到这里，就见妈妈忽然从一本大书里飘然而出，接着就灵巧地打开这本书。

大书啪地分成两半，从里边飞出来的——啊，竟然是飞雪般的花儿！

那些花飞上黑暗的天空，立即像星星那样闪闪发光。

那是萤火虫。

书里满装着萤火虫。

成群的萤火虫，从妈妈手中的书里越过茫茫的空间，闪闪烁烁地向王亮这边飞来了。王亮的心激动得跳了起来。他展开双手，唱道：

“萤——萤火虫儿。”

萤火虫的光亮啪地扩大，那一个一个光晕之中，都浮现出妈妈的身姿。笑着的妈妈，唱歌的妈妈，睡觉的妈妈，生气的妈妈……

各种姿态的妈妈，晃晃摇摇地飞起来，越飞越远，向东面的方向远去。

“喂——等等我！”

王亮不由得跟着跑了起来。到那儿去，才会见到妈妈，会见到妈妈……他这样想着，跑着。

可是，不管怎么跑，他也追不上蓝色的光环。

萤火虫们，向上，向上升去。不知道过了多久，王亮还在满天星星的天空下，一个劲地跑着。

“妈妈，妈妈。”王亮大叫着，从梦中惊醒过来。他的心在扑腾扑腾地狂跳……

上学，回家；回家，上学。

日子如钟摆，一天又一天。

因为头一天，王亮将自己椅子的一条腿弄断了，他得想办法把椅子修理好。所以这一天，王亮早早赶到学校，修理好快散架的椅子，就坐在座位上。他可是班上有名的迟到大王，今天，早到的同学走进教室，看见王亮竟然早早地坐在教室里。

“咦？王亮，你今天怎么这么早呢？”班长最早到学校，看见王亮来这么早，有些奇怪。

“那有什么？今天起床早，没事干，就到学校了。”

“早起的虫子有食吃呀！今天……”

陆续有几个同学进了教室，大家边走，边说说笑笑。

忽然，一个叫封小娟的女同学急匆匆地冲进了教室。她一进教室，就赶紧跑到自己的座位上，在抽屉里乱翻一通。

“奇怪了，我明明记得放在这里面的，怎么找不到呢？”封小娟自言自语地说着，没有注意到班长向她走近。

“怎么了？”

“在找文具盒。”封小娟抬头看了一下，随即又低下头，一脸焦急的样子。

“怎么了？文具盒不见了喔？”班长边说着，边帮封小娟查看了一下抽屉。

“对啊，我昨天赶着下课要去姨家，因为我妈妈在校门口等着我，我来不及检查书包，结果把文具盒忘在抽屉里面没有带回去。可是，现在居然找不到了，急死人了，那里面有一百元钱呢。”封小娟说着说着，急得哭了起来。

听到他们两人的对话，早到的同学都围了过来。当然，王亮也走了过来。

“你再仔细想想，会不会你自己放在家里了呢？”另一个同学提醒。

“没有。我昨天晚上在家里写作业，就没有见文具盒。在家里找了半天，结果也没有找见。而且，我记得很清楚，是放在教室的抽屉里面的。”封小娟一脸很确定的样子。

后来，班上又陆续进来几个同学，大家一听到封小娟丢了文具盒，里面还有一百元，就纷纷跑过来帮她在教室内外的各个角落寻找。

大家很认真地把教室里外都找遍了，还是没有看到封小娟的文具盒，更没有看到文具盒里的一百元。

“会不会有小偷啊?”坐在封小娟前排的李富恒，像是突然想到了什么似的，冒出了这样一句话。

“怎么可能？如果是小偷，校门口的保安叔叔早就把他抓了。”

“对啊，对啊，应该不可能啦。”

“若是有小偷，班里的抽屉都应该翻得乱七八糟。”

“还有，还有，我们只是小学生，哪儿会有小偷想来偷我们的东西呢?”

大家你一言我一句地讨论起来。

“可是，文具盒自己又没有长脚，怎么会不见呢?”封小娟疑惑地说。

“一定有内贼。”李富恒一副很有把握的样子，认定封小娟的文具盒一定是被偷了，“而且，这个小偷不是从外面来的，一定是自己班上的人。”

“你们想想看，如果是外面来的小偷，怎么会想到封小娟的文具盒里装着一百元哩，所以说，一定是班上的同学。”李富恒故作神秘地说道。

“有道理，有道理。”有些同学听了李富恒的分析，觉得他说的有道理，纷纷附和着。

“那小偷会是谁呢?”封小娟急于想知道谁是小偷，好早点儿把文具盒找到。

“谁是小偷，我知道了。”封小娟语出惊人地说。

“是谁?”在场的同学露出惊讶的神情。

“王亮!”封小娟小声地说，周围一片哗然。

“这种没有证据的事情，是不能乱说的。”

班长赶紧制止封小娟。

“我才没有乱说呢。昨天放学的时候，我和我妈离开学校不久，下雨了，跑回来拿伞。发现只有王亮一人在教室，就站在我桌子前面，看见我回来，他脸一下红了，不是他会是谁?”

“王亮，你是不是拿了我的文具盒，上次你还夸赞我的文具盒漂亮呢。里面的一百元钱，是不是你也拿去了，你还给我。”封小娟怒气冲冲。

“一百元？文具盒？我不知道，我又没拿你的东西，凭什么说是我拿的。”

王亮先是一阵错愕，接着就有些生气。

“王亮，不要装了，如果你拿了，赶紧拿出来给封小娟。要不，我们立刻报告班主任老师。”

“王亮，是不是你拿的？”

“他家那么穷，他的文具盒都是草编的，看到漂亮的文具盒，肯定想拿。”

“封小娟，你不要这么说，没有任何证据，你怎么能断定小偷是谁？我是班长，我来处理……”班长出面主持公道。

“不是他，那会是谁？昨天回来教室就他一个人，今天早上，最早来的也是他，王亮是我们大家都知道的迟到大王，平白无故，他就起了个大早，为什么？”

“王亮，你说说昨天最后走，今天第一个来，是什么原因。”班长问道。

能说把椅子弄坏了吗？学校还不让我赔偿，那得多少钱，王亮心里嘀咕着。

“这……这我可以不说吗？不过，我敢保证，我没有偷封小娟的文具盒，更没有见到一百元钱。”王亮有些无奈地说。

“王亮，你还给我好吗？那文具盒是我舅舅新买的，一百元钱是我舅妈给我的，你还给我，还给我。”封小娟说着说着又哭了起来。

封小娟一哭起来，立刻引得几个同学也眼圈红红的，有人嚷道：“把王亮拉到老师办公室，告诉班主任老师看他还敢不说。”

同学们推搡着王亮到了老师办公室。

班主任正满腹心事，昨天教育局明确给他回复，想要调回城里，就必须好好在乡村小学工作几年，做出贡献才可以。可是女朋友态度也很坚决，今年再调不回城，两人就告吹。他正为这事苦恼不已，见同学们推着王亮进了办公室，不觉高声批评道：“怎么了？马上就要上课了，还胡闹什么？”

同学们七嘴八舌、叽叽喳喳说着事情的来龙去脉。班主任还是了解他班里的学生的，平常或许是调皮了些，爱打闹些，少部分同学有些厌学，还有个别如王亮这样“特别活泼”的，但是，还不至于有手脚不干净的行为。

上课铃马上就要响了，班主任尽量平和着脸色：

“同学们，先回教室上课。封小娟同学不要再吵吵这个事了，老师负责给你查清楚。都回去上课吧。”

听到老师如此讲，同学们都乖乖地回教室上课了。

上自习课时，班主任留下了封小娟，详细询问了事情的经过，一点一点帮着排除可能丢失的过程。最终，在英语老师的办公室找到了文具盒。原来封小娟在给英语老师交作业的时候，修改错误的书写，忘记把文具盒装进书包了。

第二天上自习课时，针对此事，班主任给大家先讲了“智子疑邻”的故事。

“在我国古代，宋国有个富人。一天，因为下大雨，他家的院墙倒塌了一部分。富人的儿子看到后，赶紧给他父亲说：‘如果不去赶紧修筑院墙，一定会有盗贼从倒塌的地方进来，家里就会损失财物。’没有多久，富人隔壁邻居家的老人看到富人家倒塌的院墙，也劝富人早点儿修补好。要不，会有盗贼出入，可能就会丢失财物。这天晚上，富人的家里果然丢失了大量财物。富人的家人认为自己的儿子非常机智，却怀疑是邻居家的老人偷的，邻居老人的一举一动，怎么看怎么就像盗贼。后来，官府查明案件抓住了盗贼。这家富人再看邻居家的老人，一举一动，怎么看又都不像盗贼了。”

说到此，班主任意味深长地看着同学们：

“各位同学，文具盒的事情到此为止。过程怎么样，也都已经很清楚了。我希望大家能够记住这个教训。当一件事情发生了，我们不可以光看事情的表面，或是光凭自我感觉来怀疑我们身旁的人，更不能在没有证据时就妄下结论。这样随便地冤枉一个人，是很不公平的。”

教室里同学们小声议论着这件事情。王亮端坐着，对大家的议论充耳不闻，仿佛一切都与他无关。

放学铃声一响，王亮拎着书包，第一个冲出教室，离开学校。王亮独自一人时，他的目光很软弱，像晚秋黄昏时水面上泛起的微光。他觉得眼皮很沉重，就将它慢慢地合上。没过一会儿，眼角上沁出两颗清清的泪珠。

龙龙，你在哪里？我是多么需要一个好朋友呀！

对于今天在学校发生的事，王亮在家里没有跟爸爸说起。他越来越厌倦学校了。

真没劲儿。人干吗偏要活着？吃饭、睡觉、上学，吃饭、睡觉、上学，循环往复，到底有什么劲儿？眼前的一切，死气沉沉，无趣之极。

第九章 学习舞龙舞狮

王亮的爷爷张有财，年近八旬。他年轻时候参过军，抗战时期在黄河边参加过阻击日本人的战斗。他回到家乡，身边已无至亲，享受着五保户的待遇，因为会龙舞道具制作，也热爱舞龙、舞狮，就将自己的院落贡献出来，作为龙舞道具制作的场地。由于龙舞道具制作技艺无文字记载和规范尺度，是通过口传身授传承，特别是头尾制作属技巧性工艺，制作难度大、工期长，整体编制时最少需要五人用十天的时间完成。年轻人多不愿学，加之习艺后又无经济效益，龙舞道具制作这项传统工艺和艺术面临着后继乏人、青黄不接的尴尬境地。王国平的加入，给少之又少的龙舞道具制作队伍，注入了新的力量。

农村文化站经费少，舞龙、舞狮演出多是公益演出，偶有商演所收费用也很少，多用于龙舞道具所需材料的购买，许多时候，闫文华都得自掏腰包。

王国平住进张有财的院子，在逐渐知道这个情况后，很少再接受闫文华给的工资。他早上和晚上去周围住宅楼倒垃圾、捡拾废品维持生活，下午就和张有财大爷制作龙舞道具。

一家三口，日子热闹、清贫，却也其乐融融。

张爷爷耳朵有些背，说话嗓门儿很大。

偶尔清闲的傍晚，张爷爷搬把破椅子坐在门口的大白杨树下，一边抽着老旱烟，一边给王亮讲自己小时候的故事：

“娃啊，你不知道，我也是个孤儿。我生下来才一个多月，我爸爸就得病死了。两岁多的时候，我妈也死了。我就跟婆婆过。十二岁那年的夏天，我一个人去山坡上给地主家放牛，保长带着十几个人把我捆起来，硬抓去当了童子军。”

“爷爷，你好笨。他们绑你，你怎么不反抗呢？”

“我没办法啊。他们人多，十几个呢，又是大人，我挣不脱。我就哭啊，哭啊……”

“保长把你绑到哪儿去了？”

“我们老家那地方离镇巴很近，他们把我押到镇巴去，交给国民党的部队，我就当了童子军。我给连长当勤务兵，端茶、倒水、送饭、拿衣服，我还给他背过枪。”

“连长打过你没有？骂过你没有？你在部队里吃过苦头没有？”

“连长没打过我。我那时候小，很听话，就像你现在这个样子。”爷爷说着，摸摸孙子的头。

“爷爷，你会打枪吗？你打死过日本人吗？”

“怎么不会打。我是步枪手，打死过一个日本人呢。那是在喜峰口抗战的时候，一个日本人朝我们打机关枪，一枪打在我脚上，把我脚背都打穿了。我一咬牙，扯了块布把脚一包，端起枪就给了那家伙一下子。结果把那个日本机枪手打死了，我还把他的机关枪给夺了过来呢。”

“爷爷，你真了不起，打死过日本人。让我看看你的伤。”

这时候，爷爷会脱了鞋，露出他细长精瘦的右脚。王亮弯下腰，用小手在上面久久地摩挲着。

解放战争到了后期，张有财随部队一起投诚了解放军，后来又参加了抗美援朝战争。他在朝鲜待了八个多月，打过十几仗后，就随部队回国了。当时的退伍证什么都有，上面还盖有部队的公章，可惜在后来的一场大火中烧掉了，留下了永远的遗憾。那天下午，张有财去西乡县城里买苕种，邻居家失火连累了他。等他回来的时候，大火已经熄灭了，家里只剩下一把灰。张有财只怪自己的运气差，默默流泪；可是，比起牺牲在战场上的战友们，他觉得自己又是多么幸运呀。

如果那些手续还在，以一个参加过抗美援朝的老兵的身份，每个月他可以在民政局领一千多元的生活补贴，可现在这些他都没有。好不容易找到一位能证明他身份的人，可等他赶到河南的时候，那人已经得了癌症去世了。能证明他身份的老兵已离他而去，他今年已经八十二岁了，五保户，国家有补助，镇上有帮扶不愁吃饭，生活安详，没想到临老了，还有王国平父子相伴，在一起生活，他觉得已经很幸福了。

说起这些事来，张有财显得很淡然，很知足。

张有财知足了，王国平知足了。可是，王亮固执地认为，家里面要有妈妈才叫幸福，才可以叫知足。

王亮的心始终是空的。他觉得，没有妈妈的孩子一遇到事，就像受了惊的鸭子，时不时地被惊得嘎嘎乱叫，扑扇着双翅在水上仓皇逃窜。

课堂上，语文老师布置的作文题目是《我的妈妈》，全班的作文本都已收了上去，王亮的作文本还是一片空白。他不知道应该怎么写，他不愿意同学们知道他没有见过妈妈，也不知道妈妈在哪里。因交了空白作业，他被老师叫到教室后面罚站，听语文课代表念她写的作文：

“有一个人，她最伟大；有一个人，她最神奇；有一个人，她最辛劳。她是谁？她就是我的妈妈！

“我的妈妈很好看，她梳着长长的披肩发，个子高高的，显得人很漂亮。她虽然戴着眼镜，但是挡不住她大大的眼睛。在我的印象里，妈妈总是笑眯眯的，好像从没有不开心的事。她心地和善、为人和气，只有在我犯错的时候才会发脾气。她发脾气的样子可凶了，就像一头凶猛的老虎。

“有一天，妈妈下班回家，看见我正在玩，玩具丢得满地都是。妈妈问我：‘娃呀，作业做完啦？’我说：‘做完了！’妈妈拿起数学作业本认真地检查了起来。她用手撑着额头，皱着眉，表情很是生气。

最后妈妈叹着气说：‘你啊你啊！你看看，你太粗心大意了，怎么就不能细心点？你的心都丢到哪去了？’

“虽然妈妈在学习上对我要求很严格，但在生活上对我那却叫一个无微不至。妈妈会做各种好吃的东西，经常会给我讲故事，带我爬山，陪我上兴趣班。妈妈虽然也有缺点，但她依然是世界上最好的妈妈；妈妈虽然不是女神，但她永远是我心中最漂亮的妈妈。”

听语文课代表读了她写的妈妈，王亮羡慕极了，一个念头像一条小虫子钻进了他的脑子：我一定要去找自己的妈妈！

晚上，王国平回到家里，王亮一再向他求证：“妈妈去了哪里？”

王国平烦躁地回答：“出去打工了，不准再问了。”

王亮觉得心又慌又空，烦躁不安。这天晚上，王亮将自己的床铺移到堆放杂物的房间，不再和爸爸一个房间。王国平无奈地看着王亮一个人忙出忙进，觉得他太任性，索性任由他去了。

王亮的行为让王国平很头疼、心烦，他怎么能告诉王亮，他是捡来的孩子呢？他怎么能告诉王亮，他只是他的养父呢？除了粗暴制止，他还能有什么别的办法呢？

独自睡眠的夜晚，弥漫着恐惧的氛围。周围一片寂静，寂静得令人害怕。自己的胸膛里好像潜伏着什么。风吹过时，杂物间纸糊的幡尾就会像一头叫不出名字的巨兽发出低吼的声音。

屋外的风，把枯叶从树上吹下来，吹到路边的阴沟里去，把路灯的光吹成淡蓝色，王亮的心紧张而又害怕。他想让爸爸看到他要找妈妈的决心，想让爸爸告诉他妈妈在哪里。可结果呢？结果让他如同掉到冰窟，全身都冷得哆嗦起来，想哭，也是欲哭无泪。

妈妈，你好吗？我真的真的好想你呀！虽然我们不在一起，但是我知道，你一定很爱我的。我要去找你，我一定会找到你的。这个夜晚，王亮决定：不再上学了！反正上课都是人在心不在，根本没有心思认真学习。希望能以此来胁迫爸爸告诉他，妈妈到底在哪里吧。

最近几天，王亮按时背着书包上学放学，可是他并没有去学校，而是在街上游荡，时间过得慢极了。看过街上行色匆忙的行人的脚步，看过路上飞驰而过的车辆扬起的烟尘，看过偶尔经过的小狗警惕而又落寞的眼神，王亮感到疲倦、无助、茫然。有时候，幸福这个词刚刚在他心中形成，转眼就消失了，像肥皂泡一样瞬间破灭。

这天，他不愿再在街上游荡了。认识的人都在问他："怎么不上学？上学时间怎么在街上游玩呢?"弄得他心里更加烦闷。

他索性来到汉江边。江边没有什么人，整整一个下午，他都在忙着搭建一座房子，假想着要在他建造的这个理想国里生活。他找来很多树枝和树叶，拔了许多草，把那座房子建在江边上。他又折了些树枝，把一根根树枝竖插起来就代表着众多同学，然后用草在房子的边上围了一个鸡栏，还用泥做了灶、锅、小狗的房子，并且找来一些野菜，装着津津有味地吃了一顿家常饭。

一只蜻蜓飞过来，以为那两条纹丝不动的腿是个静物，便倾斜着身子，徐徐落下，用爪抱住了其中一个脚趾头。

为了驱赶寂寞，王亮嘴里哼起了歌曲：

世上只有妈妈好
有妈的孩子像块宝
投进妈妈的怀抱
幸福享不了
世上只有妈妈好
有妈的孩子像块宝
投进妈妈的怀抱
幸福享不了
世上只有妈妈好
有妈的孩子像块宝
投进妈妈的怀抱
幸福享不了

没有妈妈最苦恼
没妈的孩子像根草
离开妈妈的怀抱
幸福哪里找
没有妈妈最苦恼
没妈的孩子像根草
离开妈妈的怀抱
幸福哪里找
…………

王亮没腔没调，哼唱着这首歌，反反复复，把这几句都快唱烂了。但一感到寂寞又向他围拢来时，他又大声地唱起来。有时，声音都接近喊叫了。

寂寞，孤单，连绵不断地笼罩着王亮。这种感觉是看不见的，但它又分明弥漫在他的周围。它把王亮弄得心里空落落的。他像悬在没有依靠、没有色彩、没有声音的空中，又仿佛觉得时间在迈着单调、枯燥的脚步，老是按一个节奏在他身边不停地走。寂寞搞得他心里惴惴不安。寂寞孤单没有疼痛，但它却比疼痛更能折磨人，折磨得这个孩子受不了。他老想用手抓住个什么东西，但是手伸出去，却什么也抓不住。

闫文华知道王亮因旷课而被开除，已是一个多星期以后的事了。他整天忙得后脚打前脚跟，稍疏忽一点儿，你看看，这个孩子竟然一个多星期没上学了。他真想提溜着王亮狠狠揍一顿。当他忙完工作，赶到张大爷家时，看见孤单的王亮，坐在杂物间，是那么的瘦小，像只失去窝巢的鸡歇在阴影里。

若是将孩子比作钢琴，王亮就像一架散了架的钢琴，一个根本不懂音乐的人将它胡乱拼凑起来，音阶次序乱七八糟，发出杂乱无章的音响。但你又似乎不时被一种无形的、难忘的力量所猛击，心就像垂挂在风中的最后一颗柿子在哆嗦。王国平根本不能受到任何刺激，张有财大爷能顾住自己，也已很不错了。这三个男性组合的家，是粗糙的，严格地说是残缺的，这个孩子他必须管呀！

闫文华尽量保持住脸上的微笑，平和地和王亮谈了谈心，了解了他不愿意上学的原因。这让他也感到棘手。孩子想念妈妈没有错。可是，他妈妈是谁呢？大家都不知道。王亮自小生长在这样一个特殊的家庭中，现在正处在叛逆期，也是这个孩子最关键的时期，大意不得，放任不得呀。

闫文华透过王亮的衬衫和裤子上的窟窿，看见他瘦弱的身体上略微发黄的皮肤，他的肩胛骨、膝盖和手肘上的骨头都瘦成了尖角，杵了出来，心疼得一把将王亮搂在怀里：

"没事的，叔叔帮你想想办法。"

闫文华斟酌着说："要不，你先上着学，咱们边上边找，可好？"

"不好！我不上学！"王亮回答得简单明了。

…………

看到王亮呆滞的目光——这应是一个身体疲倦且又被一团心思所纠缠的人所有的目光，而不是一个少年的目光，闫文华还是控制住自己的情绪，准备先缓缓，慢慢做通王亮的思想工作后，再送他到学校。现在若是硬逼着他去学校，只会起到反作用。

王亮不爱上学，他在学校连一个可以说话的朋友都没有，也不爱待在家里，不想回答关于上学的问题，他迫切地想换一个新环境。他自己都不清楚自己内心的想法，只觉得心里是一团乱麻。

王国平得知王亮被学校开除的事后，很是生气。但是闫文华再三叮嘱他，不要责打王亮，要和王亮好好谈谈，先做通他的思想工作："不读书，没有知识，将来能做什么呀！"

王亮低着头，死活不开口。

"你闫叔费了那么大的神，才争取到旁听名额，你倒好，反而不上了……"实在唠叨得太久了，王亮才转过头，抬起眼睛看着爸爸。他整个人很僵硬，眼神冷冰冰的。王亮多么希望他能张开怀抱，像闫叔叔那样，让自己也能够在他的怀里痛快地哭一场。

王国平看王亮油盐不进的样子，心一下碎了，期待变成了悲伤，悲伤又演变成了极度的愤怒，没忍住怒火，朝他怒吼起来："不成器，没出息的东西！你给我滚!”

“不用你管，你管了我什么？你倒是读了大学，怎么成了捡拾废品的？不识字的废品都比你捡得好……”王亮也大声地吼叫着。

“啪”的一声，一个响亮的耳光打在王亮脸上。王亮愣住了。王国平也愣住了，这是他第一次打王亮。他不相信地看着自己的手，又盯着王亮看了许久，眼睛里充满了疲惫和忧伤。

王亮死死地瞪着王国平，不相信刚才的耳光是王国平打的。

…………

随着闫文华的舞龙、舞狮队外出商演的机会增多，舞龙舞狮队稍有了一点儿收入，闫文华就再没有让王国平外出捡拾废品，而是全天编制龙头。王国平也很喜欢干这样的活。

此时的王国平像疲惫的战士，好不容易挨着干渴，穿越了沙漠，却不料痛苦依然没有结束。他多想让王亮继续上学，因为读书是他唯一的出路呀。但显然这十分困难，他根本无能为力。他没有想到，他的亮宝贝儿会变成一头不听话的犟牛。

王亮开始改变策略，逮着机会就缠着王国平，询问他妈妈去了哪里，一心要去找妈妈。

这天，闫文华看王亮固执地缠着王国平，索性就将他自出生到现阶段的情况，原原本本地告诉了他。王亮很是震惊：他原来是一个弃儿，若不是王国平，或许他早就不在人间了。“你亲生父母的情况，你养父也不知道。你的衣服里，半张字条都没有。没有任何线索，如何寻找你的妈妈呢?”

王亮哭了起来。

闫文华拍了拍王亮的肩，继续说道：“虽说你亲生父母抛弃了你，但你的养父爱你如宝。你的张爷爷，还有我，我们都很爱你呀……”

王亮一把推开闫文华，跑了出去，绝望地喊道：“不是这样的！不是这样的！你骗我!”

他飞奔到自己的房间，内心翻腾，呼吸急促，泪水在眼眶里打转。

王亮紧闭着小屋的门，不想见任何人。他知道闫文华告诉他的是真实情况，只是他不愿意相信。

他坐在小屋的地下，低下头，思索着，周围一片死寂。

这天夜里，王亮的心仿佛枯萎了一样，一动不动地躺着。他放弃了找妈妈的念头，也不去惦记任何事。悲哀像一头巨大的、黑色的、看不见的怪兽围着他不停地旋转，用冰凉的舌头舔舐他的脸、他的手、他的全身。他似乎听得到它凉丝丝的喘息声，让他想起许多不堪回首的景象和往事。

两天后，王亮出了院门，整个人瘦了一大圈。

第三天一早，闫文华就叫王亮做他的助手，到舞龙舞狮队去。王亮无精打采地跟着去了。

舞龙舞狮队里全是中老年人，队长叫关老四，作为“龙江舞龙舞狮班子”的人，他们平时务农，农闲时练习。舞龙舞狮对于他们，就是一件从小到老，让他们快乐，能够坚守一生的事。拿六十岁的关老四来说，他从十二岁开始练习，舞龙舞狮生涯算起来已快半个世纪了。

“龙江舞龙舞狮”也是师傅、徒弟之间口传身授，无文字资料、无曲谱，更谈不上影视资料，这些都是制约其发展的因素。他们陆续招收了一些学徒，但由于学的人大都吃不了苦，能学成的人不多。

闫文华提前给关老四讲了王亮的具体情况。这日，他直接把王亮交给关老四。关老四默默地看了王亮一眼。王亮觉得自己犹如被一阵凉风吹着了，不禁心头一颤。

练站桩，走步法，跟着场子跑……

王亮像变了一个人，纯粹就是个闷嘴葫芦，埋着头练站桩，走步法，跟着关老四上场子。

一晃，六个多月过去了。

王亮已经开始在舞台上演小狮子了。他表演时很卖力气，每次都舞到汗流浃背，衣服湿透。练习或表演中，他那双分明是由于用力而睁得很大的眼睛，让人看到了坚定。

这日，看着舞台上活泼的小狮子快旋慢舞，姿态雄健，活泼可爱，轻巧而灵活地摆弄着身躯，闫文华终于露出了笑脸，长长地出了一口气。

演出结束后，闫文华带着王亮一路走回家。他望着五月黄昏里的乡野，红霞满天，绿意盎然，轻快惬意充盈着心间。王亮的黑发里，散发着一个野性的男孩所具有的有点儿发酸的汗味。这个在流浪途中长大的男孩子，使他感到心疼、感到不可思议，他再次坚定了一定要将他培养成有用人才的信念。

第十章 正式入校上学

这是一个令人烦闷、焦躁的夏天。许多天，热浪滚滚，仿佛从酷日下的沙漠吹来的风。中午时的白杨叶被晒蔫了，疲乏地耷拉着，柏油路面被晒得油浸浸的，仿佛要流动起来。路边到处是冷饮摊，像是一个个急救站似的在随时等待一个渴得发昏的人。正午时，汽车喇叭声穿过热气传来，让人觉得烫烫的。傍晚，夕阳西沉，将西方天空烧成红色，像一片火海。黄昏里，蝉噪一片，如同千滴万滴雨珠打着一片干柴。

闫文华翻来覆去睡不着，心里思谋着王亮还得去上学，不能老待在舞龙舞狮演出队，怎么让这个孩子能够明白，读书对他一生的重要性呢？他能想个啥办法，让他继续读书呢……辗转反侧，绞尽脑汁，注定又是一个不眠之夜。

现今的王亮，舞起小狮子，姿态雄健，惟妙惟肖。当初刚进舞龙舞狮演出队，关老四就对他严爱有加；王亮练站桩，走步法，也是脱了一层皮。单单从站桩说起：两脚要分开与肩同宽，两膝微屈，双臂平举，手高于肩，肩高于肘，周身放松，空胸实腹。看似简单，但是在练习过程中，出现肌肉震颤、微痛，肢体酸麻、僵硬，周身火热、大汗淋漓，一般人就难以坚持，中途放弃的情况很多。究其原因，多半是肌肉不够强健、气血欠通畅的表现。关老四在旁边严格督促，王亮坚持练习了十天左右，流眼泪、打哈欠、打饱嗝、矢气、腹鸣等各种不适感才慢慢消失，疲劳感渐渐减轻。用关老四的话说，这是经络和气血瘀塞消除的好现象。根据王亮年龄、身体练习的实际情况，关老四侧重于教授王亮学习舞狮。因为白天沉默不语疯狂练习，王亮夜晚躺在床上全无别的感觉，有的只是腰腿酸痛所产生的针刺一般的感觉和无边无际的疲劳。好在他忍受住了，后来也慢慢地适应了。

日子就这样一天一天地过去了。最初一段时间，王亮心理上还在挣扎。他的亲生父母抛弃了他，是他的养父带着他东奔西跑，饥一餐饱一餐，他还梦想找什么妈妈？他现在不再想妈妈，也不惦记任何事物了。他的大脑就如同贫瘠的、任由风吹日晒的乱石滩一样。他已适应了现在这样的生活，以后的岁月，王亮不愿再去想它。

有一天，闫文华给他带来一包书，看似无意地说："这是别人送给我的，我太忙了，拿给你，里面的故事有些很有意思，没事想翻了，随便翻翻。"

王亮接过包裹，闷声闷气地回答："嗯！"再无多言。

闫文华转过身就找王国平商量撰写龙舞道具制作技艺文稿的事情去了……

王亮无聊时，翻翻闫文华带的书，什么《狼孩》《水浒传》《海底两万里》《雾都孤儿》，等等。

又一个冬天走了，闫文华陆续给他的两包书，王亮不经意间都已看完了，心绪有了很大的变化。春天的风儿从山那边向这里吹来时，王亮开始变得烦躁不安，仿佛心底里有一颗沉睡的种子开始醒来，并慢慢膨胀，要顶开结实的泥土，生出嫩芽。可是，这颗种子是什么呢？是他小学时想当小学教师的理想？是对未来有了期待？还是一个叫梦想的东西，拨弄他的心怀？他仿佛听到了远方的召唤，不愿意再这样下去了。但他究竟该过怎样的生活？

这一天，王亮他们正在邻村演出，天空突然变得灰暗起来，一瞬间就布满了乌云。

"王亮！"关老四大声叫道，"王亮，你赶紧下场子，收拾家什，我们准备回家。"

锣鼓停下，正在翻滚的小狮子王亮听到关老四的叫嚷，才惊觉天气的变化：

“好的，关师傅。”

众人急急忙忙地收拾家什。天越来越黑，雷声正从北方滚动过来，风开始大了起来。

一帮人紧赶慢赶收拾好行头，就往回赶。

金蓝色的闪电胡乱地撕裂着天空，像利剑，像蛇，像鹰爪，像一个巨人暴怒时用大笔在天幕上乱抹。雷先是在乌云里闷声哼唧，接着就突然扑向人们头顶，清脆地炸响，震耳欲聋。暴风雨好似一匹匹奔腾的骏马，倾盆而下，一时来不及流淌入河，积水一会儿工夫就淹没了脚踝。

浑身淋透的王亮，回到家就病倒了，发着烧，在迷迷糊糊中被摇醒。

“王亮，醒来了!”龙龙突然出现在他的眼前。

王亮以为自己眼花了：“龙龙，是你吗？真的是你呀!”他激动得一个跟头就翻了起来。

龙龙落在王亮的手掌：“是我呀！王亮，才分开一会儿，你就长大了，真够快的。”

“什么才一会儿，已经五年了，你以为五年就叫一会儿?”

“什么？噢，我忘了，我进的是慢时空隧道，我的一小时就是你们地球的五年。”

王亮兴致大发：“龙龙，你说说你以前待的地方是什么样的?”

“我以前住的星球叫木卫二，它的大小和月球差不多。厚厚的冰壳下有几百公里深的海洋存在。它的水量，我看比地球上要多多了，这是我们星球生命的重要基石。其次，尽管木卫二距离太阳十分遥远，其表面完全被冰壳覆盖，但是，木星巨大的潮汐却能给木卫二的海洋带去巨大的热能，这就是生命产生的能量基础。我们的科技比地球高出一大截，我们就是地球人所说的外星文明。”

“噢，龙龙，你是怎么来到我们地球的？你是骑着闪电来的吗?”

“怎么会？我们要在太空游牧，必须用技术打开虫洞，乘坐超光速飞碟出行。我是因为飞碟出现故障，从椅子里弹出，才在地球见到你的。”

“你怎么会找到我的?”

“我喜欢小孩子和龙呀，因为我也是小孩子，你手上有小草龙，所以，我就找到你了。”

“你们星球也讲中国话?”

“我会一百多种语言，我们知识量和洞察力是巨大的。我们的交流方式和你们不太一样，主要是心灵感应。这种通信方式超越了距离和障碍，我可以接收来自更高级生命的高频振动……”

“龙龙，你怎么这么厉害呀!”

“王亮，我不能到人多的地方去，因为我会受到伤害。我会隐身在某个物件上。比如，你的小草龙身上。只有在确认安全的状态下，我才会现身。”

“龙龙，我会保护你的。你看，我现在不是已经长大了许多?”

…………

春天很快过去了，龙龙和王亮亲如兄弟，在人生的道路上奏响少年友谊的琴弦，像春风一样和谐。

初夏的乡村更有一番风味，蓝天白云衬着生机勃勃的大地，而清风徐徐的夜晚则更让人陶醉。

“王亮，我就有点儿想不明白，为什么你不爱学习？你可知道，学习是最让人快乐的事情呀!”

“让人快乐的事？你没有说错吧！学习是让我厌烦的事。”王亮不以为然地说。

“学习当然是最重要、最快乐的事情！就你们地球来说，如果小羊不学习，就无法生存下去。越高等的动物，生活的方式越复杂，本能行为的作用也越小，学习的重要性也越大。学习再学习，努力积累更多的知识。有了知识，人类才能创新、创造，我们才会越来越幸福。”

“龙龙，有时你说话，就像大人一样，我不爱听。”

“我是用你们的语言和你说的呀！不爱听，是因为你厌烦学习。我只是建议，不会干涉你们地球人的生活状况的。”

…………

龙龙的话，王亮还是听进去了一些。这天，他找到了闫文华，主动提出想要去上学的愿望。闫文华很高兴，他抚摩着王亮的头发说：

“好孩子，你看，你个子都快赶上我了，终于知道要读书了。这是多么好的事。青春少年，正是要好好读书的时候。”

王亮开心地笑了，接着又很担忧：“我没有户口，又是主动离开学校的，我想自己补习，到时直接上初中。我也到该上初中的年龄了。”

“这些事，叔叔来想办法。你若想直接上初中，就得赶紧把落下的功课补上才行。”

“好的，闫叔叔。我一定会努力的！”王亮高兴地走了。

又是一个美好的夜晚，龙龙和王亮正在他的小屋津津有味地看着《爱的教育》。这本书，龙龙带着王亮已经看了三遍了，王亮特别喜欢主人公恩里科。恩里科是一个小学四年级的小男孩，他出生在一个充满爱与信任的家庭里，天性纯良，观察敏锐，是个乐观进取的好少年。王亮喜欢这些平凡而善良的人物：卖炭人、小石匠、铁匠的儿子、少年鼓手、带病上课的教师……以及他们平凡的日常生活。正是他们，把王亮带入一个爱的世界，让他在爱中受到教育。

例如，在《我们的老师》《爸爸的老师》《我弟弟的女老师》这几篇日记中，师生之间的爱是那样的亲切、自然。

在《我们的老师》一文里，作者用一种非常口语化的语言描写了老师在回应学生的问候时的神态、关心孩子时手的动作、批评孩子时的语调等，勾勒出一个慈祥的、感性的、亲切中不失威严的好老师形象。

《我弟弟的女老师》一文所描写的那些情景仿佛就是许多孩子曾经经历和正在经历的，女老师怎样教换牙的孩子学拼音，怎样处理孩子们带到教室来的东西，怎样应付上课时突发的事件，怎样克制自己情绪，怎样在发火后后悔，等等。《伦巴第的小哨兵》是老师在课堂上讲的一则小故事，一个流浪的小男孩给一支骑兵小队当哨兵，为了看清楚敌军的情况，他不顾危险，勇敢地爬上树梢，最后为祖国献出了自己的生命。在这些故事中，王亮感受到了勇敢和忠诚，感受到了拳拳的赤子之心。《爱国》是一篇爸爸写给恩里科的文章。爸爸在恩里科听了一个爱国故事以后，用这个故事的内容来教育、启发恩里科。生活在这个世界上，爱才是最重要的力量。学校、家庭、社会这些都是爱的教育的摇篮。王亮想做一个有爱的人，如同书里的恩里科。

汉中盛夏的颜色比较单纯，就是绿，仙人草一般的暗绿，亭亭如盖。人行走于其间，连衣服仿佛也要溢出绿波来。路边的树林里，蝉正在起劲地吟唱。两个多月来，闫文华多次奔走于教育局和学校之间，把能想到的关系、能托的人全托了，王亮上学的事，还是没有眉目。

闫文华也明白，没有户口，没有参加小学毕业考试，怎么可能上得了初中呀！但是，他不能眼看着这个孩子想上学却上不了呀。想方设法还是办不了，他只好请来教育记者，请她实地了解王亮的情况。

第二天，一篇《我想上学》的报道，出现在当地报纸上。民政和教育系统很快就委派工作人员来了解王亮的实际情况，甚至省市领导也在过问王亮的事情。

不到两个星期的时间，市领导带领市政府办、公安、民政及汉台区相关负责人来到王亮家中，看望慰问祖孙三代，并为他们落实解决了生活中的实际困难。王亮接过领导送上门的户口本、孤儿生活补助证，穿上送来的新衣服，激动得连声说："谢谢领导对我们的关心！我长大了，一定会回报社会的！"

不知道省上领导是怎么了解到王亮的情况的。但可以肯定的是，省上领导非常重视改善民生，关心弱势群体，尤其关心孤儿。省政府很快出台了给予孤儿生活补助的好政策。政策规定，福利院孤儿每月生活费一千元，被人收养的每月六百元。特别是针对王亮的情况，马上做出了两点批示：给王亮每月一千元的生活补助，落实他的户口问题。王亮不但生活问题得到了彻底的解决，而且上学的事情也基本得到解决。他和爸爸上了电视，也算是这座小城的小名人了。紧接着在社会各界的关心下，王亮做了唇裂修补术，效果很好，说话再也不漏风了。

给王亮报上名，闫文华终于松了一口气，感觉像搬掉了压在心上的一块大石头，卸下了肩头的重担，整个人如沐春风，神清气爽。

王国平心中，一直对闫文华满怀感激之情。在他看来，闫文华就是他的贵人，就是王亮，还有张有财的贵人。一个普通的乡镇文化工作者，默默地做着基层文化服务工作，把当地龙舞文化当作自己的终身事业竭尽全力，多么令人激励和奋进啊！

阳光从浓荫的缝隙泻落下来，像是一道金色的帘幕。王亮的家像一辆破旧的架子车，在过去的许多年里，它在坎坷不平的路上，风里雨里地向前滚动着。轮子破损，车体破烂，各个环节都有些松动，走得很吃力。但是，这辆破车，在闫文华、老军医、小学校长、关老四、记者等人的帮助下，它还是一路向前，虽然磕磕绊绊，却依然满怀希望地向前走着。

第十一章　与轮椅孩子李妮成好友

到城里上初中，是王亮刚满十四岁的那年初秋。

这是王亮第一次到城里上学，并且是城里的重点中学。走进学校大门，会看到一堵高大、坚固的墙，墙上一面是浮雕，一面是劝学诗。这首诗约二百字，是激励学生要好好学习、天天向上的。绕过劝学墙，就是鱼悦池了。一座假山矗立在水池中间，小鱼在水池里游来游去，乌鱼显得无忧无虑，一派生机勃勃的景象。

再往里走，就看见一个半圆形的花坛。花坛里面有棵又矮又粗的松树，像一把大伞。还有两棵竹子，像两名亭亭玉立的少女，纤细修长。松竹周围开着很多花朵，星星点点，争奇斗艳。花坛边上有绿毯似的草坪，修剪得平平展展。向右走，是宽阔而干净的操场，四周分别有杨树、梧桐树、槐树、松树。最引人注目的是一尊雕像，雕刻的是一位老师，右手拿着一本厚厚的书，目光专注，神态怡然，仿佛在召唤着莘莘学子去知识的海洋里遨游。

面对这一切，王亮有点儿惶惑，他好像一下子割断了与从前的联系，进入一个陌生、未知、特别新鲜的世界。他显得有点儿呆傻、木讷，彻底地露出了一个乡村少年的羞怯与笨拙。但是，校园处处又充满着让他想融入其中的快乐激情。

很快地，王亮认识了一个姑娘，她叫李妮。

一年一度的"教师节"快要临近了。王亮没有想到，全校共报送了三个节目，自己的舞狮表演竟然被选中作为其中一个，代表学校参加了全市的"教师节"学生组的汇报演出。

那天晚上的情景，打死王亮也忘记不了。其中，他认为最精彩的节目，是同校李妮表演的独唱。

幕布徐徐拉开，舞台正中有个坐在轮椅上的女孩子，开始了歌唱。那歌声就是传说中的天籁之音吧，如翠鸟试啼：

秋风吹　雁儿往南飞
心中有　无限的　伤悲
梦里看见　妈妈的脸
我的想念　向谁说哎
白云浅　天地连一线
牧羊人　歌声在　天边
马头琴弦　拉起思念
我的妹妹　好好入睡
后来　我才明白　人世间
有些人　永远　不能　再相见
马儿　也追不回　的时间
只有　那一轮　天边　清冷的月
而我　用一生　想念　妈妈的脸

那是精灵的歌唱，那是天上的仙乐，那美妙的声音如清洌的溪流流进心田，如闪电直穿透人的灵魂。

王亮听呆了，舞台上那个坐在轮椅上的女孩，最后只留下一个模糊的轮廓，眼前是团朦胧的七彩的云朵，七彩的云朵……

大幕什么时候合上的，王亮压根儿就不知道。报幕员一连报了三次舞狮表演，并同时叫了三次王亮的大名，他才猛然一惊，昏头昏脑地走上台去。

说实在的，王亮表演得非常好。台下观众不停地热烈鼓掌，大声喝彩。

瞧，王亮扮的那头小狮子，前腿扒在铁架上，后腿猛然蹬地，身子一拧，后腿便搭到了上面，紧接着又是一个翻身，这头威武的小狮子便开始围着一张方桌不停地腾跃，时而是逼真调皮的挠痒痒，时而是威猛霸气的前空翻。舞着舞着，只见那头狮子显出一副非常困乏的样子，趴在地上睡着了，那憨态可掬的样子，逗得观众哈哈大笑。

小狮子越舞越来劲，只见它“嗖”地一声就跳到了桌子上，一会儿直立，一会儿倒立，一会儿翻滚，在桌面上的方寸之地腾挪辗转，有几次甚至眼看着要掉下来，但却腰一扭腿一蹬，又安然无恙了。观众的心不时跟着各种危险动作一惊一乍的，一个个大呼过瘾。

王亮心里特别得意和舒畅。

散场了，唱歌的“七彩云朵”等在门口：“你的狮子舞得真精彩！”

王亮红着脸，答道：“你的歌唱得真好！”

…………

王亮没有想到，初一按照成绩进行了分班，每个班都按优、中、差各三分之一的学生组成。他和李妮意外地分在了一个班——初一(3)班。不过，李妮是优秀生，他的成绩勉强算得上中等。

这几天，王亮开心得很，出了门都觉得太阳特别明亮，风吹在脸上也特别叫人惬意，软软的。路上的行人也显得特别可爱，一个个笑模笑样的，让人真想跟他们一个个握手。他在路边帮助一个拉菜的大娘推了下三轮车，累了一身汗，但心里因为做了件好事，很快乐。人一高兴，就乐于做点儿好事。

王亮家里的情况，全校都知道。说实在话，王亮还是很自卑的，总感觉人们用同情怜悯的目光瞧着他，瞧得他头发根发凉，脑袋上像压了块大石头似的抬不起来。龙龙又不知跑哪里去了，简直是来无踪，去无影，有时想说说心里话都找不到。王亮很无奈。

自从他认识了李妮，幸运地和她同班，上天保佑，竟然还和她是同桌，王亮简直就要乐晕了。不过，他老有一种担心——担心李妮也用同情的眼光看他。他绝对接受不了她的同情和怜悯，若是那样，简直就太糟糕了。

李妮是全校的名人，不光学习好，歌唱得好，笛子吹得好，对同学好，性格还开朗仗义，是闻名全校的学霸。说实在的，她长得很普通，大圆盘脸，小眼睛。可是，王亮心里老惦记着她，也说不清楚为什么。

因为是同桌，王亮主动承担起放学送李妮回家的重任。李妮的妈妈一直有病，不太出门，她爸爸就是这所学校的校长，满脸威严，全校学生都怕他，却都喜欢李妮。

这天，王亮送李妮回家，只见前面路上围了一群人，不知在看什么热闹。王亮正准备从人群边过去，突然听到一个熟悉的声音：

"别拉我，我不认识你们！走开，我不认识你们！"

这不是爸爸的声音吗？

王亮停住了脚步，正迟疑着，一个身影突然扑倒在轮椅上，吓得李妮尖声大叫。王亮奋力将这个身影推开，倒在地上的人，差点儿要让他一头撞死在树上：这个人正是王国平。还没有等王亮回过神儿，只见两个大人上前将王国平死死按住："不能让他跑了。"

王国平在地上死劲地挣扎，无奈两个大人都是壮汉，三下五除二就将他用绳子捆绑住了。其中一个壮汉，还用力地踢着捆绑住的王国平，嘴里恶狠狠地骂道：

"坏尿，信了你，祸害了我一家，今天可是逮住了你。让你跑，让你跑。"

另一个壮汉，也上前踹了几脚，嘟囔着："找了你这么多年，今天总算找到了。还钱！还钱！"

围观的人很多，只有几个口头劝阻，并无人出手制止。

王亮看着还在挣扎的王国平，用力推开踢他的人，怒喝道：

"滚开，你们干什么？"

"哪来的浑小子，滚一边去。"人家随手一拨，就将王亮推搡到一边。

王亮试着扑上去几次，结果都一样。

他气喘吁吁，眼里含着泪，心里夹杂着愤怒和悲伤。

看见两个壮汉动手推搡学生，人群中的指责声大了起来，有人上前来制止。正在争执中，警察赶到了现场。

王亮赶紧上前扶起爸爸。王国平的脸在摔倒时碰破了，渗出了鲜血，嘴唇发抖，眉宇间郁结着深深的屈辱和痛苦。

到了派出所，才弄清楚事情的原委。原来，这两个壮汉是王国平的堂弟、表弟。他们无意中在电视上看到了王国平，就一路寻到汉中来了。

“当时，我爸、我婶还有许多亲戚，都将家底拿了出来，想他是家族里第一个大学生，有学问有见识，讲得又那么好，都想跟他出来赚点儿钱。谁知他弄的竟是传销，钱全没了，家家都不得安宁，他却跑了。要不是这次在电视上看到他，我们还真找不到他的人。你们说气不气人、该不该打?”

来人絮絮叨叨，说了许多原因。王亮在一旁听着，也觉得王国平可恨，可这是养育自己这么多年的父亲呀，让人可憎又怜惜，只能紧紧地依偎在他身边。

一说到传销，王国平悔恨交加，就像犯了精神病似的。他不停地揪扯自己的头发，使劲地咬自己的嘴唇，直到把嘴唇咬出一道道血印来。他压抑不住痛苦的呻吟声，就像在梦魇中挣扎一般。

…………

在警察的调停下，事情总算告一段落。

王亮领着神情恍惚满是惶恐的父亲回到家里。

王国平回到家，倒头就睡。

王亮不想吃饭，觉得今天真是丢人，自己可能在别人眼里就是一条丑陋的癞皮狗了。夜已经很深了，可是他还是毫无睡意，只是呆呆地望着屋顶……

半夜里，王国平悄悄回到窝棚，快到黎明时，有两只猫在房屋边上，哼哼唧唧的，像极冬天里无娘的孩子哭着要奶吃，搞得王国平很是烦躁，使劲地擂了几下床板，消停了一会儿，又哼哼唧唧起来。一而再，再而三，王国平终于忍耐不住了，拿起床边的木棍冲出了窝棚。两只花猫见他冲出，一晃跑了。他提着棍子，又进了窝棚。可没过一会儿，那两只东西又回来了，哼哼唧唧的更频繁了，甚至可以说是声嘶力竭。气得他提着棍子又追了出去。他一出去，两只花猫，一晃又跑了。五次三番，把他自己累倒了，他承认自己失败了，躺在床上，蜷曲着身子，抱着头，哭了起来，边哭边骂道："堂堂大学生，被猫欺负了！被畜生欺负了！"

王国平反复无常的情绪，古怪的脾气，王亮是他坏情绪的受害者，长达十几年……

王亮有些茫然和悲凉，想到以后那漫长无边的日子，心里就是一阵恐慌、空虚，像站在荒无人烟的大漠上。

自王亮到城里上学，回家的路途就比较远了，加之在必经的那条街上被人围殴，为避免再经过那里，王国平索性就在离学校不远的地方，重新租了房子。

第二天早晨，王亮正准备出门，就听见李校长在门口叫他。他赶紧迎出门，正是李校长和李妮站在门口。

"王亮，早晨我带李妮呼吸新鲜空气，顺道经过你家。走吧，咱们一起去学校。"

"好呀！"王亮清脆地答应着，并赶紧换过李校长，推着李妮向学校走去。

前方的绿树披着一层薄雾，安静地站立在马路两边。几只鸟儿栖息在高高的树上，大声地唱着歌儿唤醒清晨。

"王亮，昨天是我报的警，他们太坏了，动手打人。"李妮真诚地说。

"王亮，生活中会发生许多事，有些是我们不情愿见到的，甚至让我们痛苦的事。但是，剧痛能让我们成长。一个人只有树立明确的奋斗目标，才会充满前进的动力，人生才会在开拓进取中得以提高，在失败挫折中得到成长，在困苦磨难中变得坚毅，在希望—失望—希望中获得快乐和满足。"

"王亮，你很勇敢，昨天那两个坏人，人高马大，你为了保护爸爸，勇敢地冲上去和他们搏斗，我很佩服你。"

"王亮，我相信你，好好学习，勇敢面对，艰难困苦，玉汝于成。"

…………

王亮听到李校长如此贴心温暖的话语，转过身，倚着树干，想擦掉眼睛里的泪，没承想，竟然没有忍住，哭了出来，而且一哭就失去控制，一股酸楚的情感，像潮水一般翻腾起来，拦都拦不住，眼泪鼻涕一把一把的。

李校长和李妮没有劝阻王亮，静静地等他哭完。

在清香湿润的空气里，温暖在静静地浸润。

王亮哭完后，感觉到前所未有的轻松。

此时，太阳缓缓地升了起来。

鸟儿在升起的阳光中，叽叽喳喳地醒来了。

…………

学校里的一天，很快就过去了。因为李妮，王亮心里充满了喜悦。他们之间好像有一种神秘的默契，有一种心灵的感应，这是少年美好的情愫，不用言语都能知道对方在想什么。

放学的路上，王亮送李妮回家。

出于感激之心，王亮想说句什么。就在这时，李妮扭头回看了他一眼。这双眼睛在长长的睫毛下，奇异但十分清纯地看着他。这目光里含有感激与期望，圣洁而又崇高。也就在这一刻，王亮内心深处的责任感油然而生。他忽然明白：他要像一个哥哥一样，保护好这个妹妹。

公路旁的树上栖着小鸟，王亮噘起嘴，模仿鸟叫声。那只鸟回应了他。王亮乐于解释他们之间的对话，他的每一个回答都带有一份欣喜。

——小鸟，你好。

——你好！王亮。

——我很喜欢你。

——我也是。

——你的叫声很好听。

——谢谢。

李妮快乐地笑了起来，清脆的笑声，传了很远很远。王亮也开心地笑了，推着轮椅绕着树转起来。李妮轻轻张开双臂，像是要飞起来一样。

…………

“你知道吗？我的生活曾经一团糟。很多东西我都没有：欢笑、乐趣、玩具、伙伴……我的亲生父母抛弃了我，我的养父极易狂躁、暴怒，我感觉像电视里的精神病。我的生活和同学们都不一样，无论是在农村小学，还是在城市中学。我的养父你见过了，我曾经对他也不好，甚至恨自己怎么生长在这样一个家庭里。现在，我有点儿后悔了。我觉得自己很糟糕，我应该对我养父好一些。他救过我的命，并且抚养我长大。"要让王亮打开心扉，这需要极大的信任和巨大的勇气。

"我也说说自己吧。我两年前都是正常人，和同学们一起上学，一起玩，一起跑。那时候的我很快乐，很幸福。但是突然有一天，因为一次意外，我突然就被困在了轮椅里。这对我来说是多么大的打击呀！刚开始我想不开，接受不了，绝食，发呆，犯神经，万念俱灰，甚至还自杀过两次。我这样一个废人，留在世上还有什么用呢？可是，爸爸妈妈没有放弃我，他们比以前更关心我，更疼爱我。看着他们在我面前小心翼翼的样子，想着他们的辛苦辛酸，我还有什么理由自暴自弃呢？我终于接受了现实，接受了现在的自己。这不，近两年，虽然我都是在轮椅上度过的，但我有了一个形影不离的好伙伴了。你们叫它轮椅，但我叫它——小马驹。"李妮开朗地笑着说。

"小马驹就是我的好朋友，你看，我把书包挂在它后面，我握着它的手柄——我们多么亲密无间。我和它一起度过了两年多的时间，我养成了和它说话的习惯。"

…………

风吹着李妮柔韧的黑发，她不时地用手把头发拢一拢。天又蓝又干净，像用河里的水洗过似的。

有的时候，纵然他们什么也不说，仅仅看着美丽的风景，默默地坐着，凝眸远望，也是快乐的。

学校里有些女孩子，喜欢在别人背后说三道四，对她们而言，只要看见一个男孩跟一个女孩待在一起，就一定要瞎嚼舌头。不知是谁认为的，男孩和女孩就不能做好朋友？难道男孩和女孩喜欢常在一起，就一定是在干什么吗？

李妮因为行动受困，听不到这些言论。但是，王亮能经常听到。他冷漠地看着她们，冰冷的眼神似乎穿透了她们的骨头，慢慢地就没有人再敢说什么了。

王亮感觉李妮身上有一股奇特的力量，催化着、改变着、引导着他这个乡下顽童。有时，她一个温柔而坚定的眼神，就能轻而易举地阻止王亮一个男孩特有的莽撞行为。

王亮在学习上越来越用功，成绩一点儿一点儿地在提高。虽说走得慢，但总是在往前走。

就连听李妮斥责他“你这号人属牛的，容易偷懒，一懒，成绩就不好了；成绩不好，学习没有兴趣，就更懒。你要知道，不学习的人是没有未来的”，王亮竟然也感到像温柔的风，心里开出了一朵白花，充满了春天的芬芳。

在李妮面前，王亮总是显得那么笨拙，那么容易羞赧，那么局促，像个小姑娘。

春天的太阳暖烘烘的，它照着人，人便像喝了甜酒一样。它又像一口亮闪闪的大钟，唤醒了小草、蝴蝶、蜜蜂，唤醒了世界上所有的生命。

半年来，王亮和李妮互相鼓励，互相督促，互相帮助。工亮的学习成绩有了很大的进步，李妮参加全省英语考试也取得了好名次。两人同窗情谊日益深厚，都立志要做善良、诚实、有作为、受尊敬的人。

第十二章 学习互助组

又是一个新学年。一些孩子个头儿猛地蹿高了，而另一些孩子还是老样；一些孩子的成绩快速提升，而另一些孩子的成绩却出现下滑；一些孩子本来是合穿一条裤子都嫌肥的好朋友，却因为一些生活琐事，现在见面不说话了，甚至想抓破对方的脸皮……因为这些原因，班主任李虎去年就开始计划组织的学习互助组，准备在这学期开始实施。

李虎根据学生居住的远近、男女生差别、性格特点、学习特长和短板，将全班学生分成了十个学习互助组。每一个小组，在班上选拔学习成绩优秀的学生当辅导员，提倡学优生争当小老师，在帮助后进生学习中锻炼自己的思维。老师可以通过他们开展学生的个别辅导工作，将学优生优秀的学习经验和好的学习方法介绍给其他同学。每一个小组由一个辅导员任组长，既是学生，又要给别的同学当小老师；既要自己带头学习，又要帮助其他同学一起进步。学习互助组每天根据小组成员的情况，由小组长安排大家共同学习。

李虎老师的设想是，每个小组都有学习好的，也有学习差的，意在相互做小老师，相互帮助，共同前进。组与组之间展开学习比拼和良好生活习惯的竞争。有竞争才会更努力，要通过竞争，提高学生的学习积极性，激发不服输的精神，同时也增强团队意识和群体荣誉感。同学之间既相互竞争，又相互帮助，在这样良好的氛围和环境中，学习成绩的提高也就是必然的了。

王亮与李妮、赵恒、张一山、刘怡璇分在一个小组。这个小组三名男生，两名女生。李妮是学霸，各科都很好；王亮学习比较差，勉勉强强中下等；赵恒数学好，英语差；刘怡璇英语好，数学差；张一山各科成绩都不错，也是班上有名的足球王子。

李妮虽是学霸，却没有一点点傲气。她丝毫不觉得比其他孩子有什么特别的地方，也不因腿有残疾而自卑，一副安然平静的样子。

这几天，初二(3)班的同学，在课间休息时，都兴奋地议论着，所有的话题都与学习互助组有关。

“我们小组学习英语时，让赵兰朗读一下课文，你们猜她读了没有？”

“读了吗？”

“肯定没读。”

“她就没带嘴。”

“从来没有见她当着人读过。”

赵兰是同学中最不爱说话的一位，更别说朗读课文了，还是英文……同学们议论纷纷。

“我们小组学习时，有说有笑，开心得很。小组长说了几次，都没有压住阵脚……”

“我们小组学习数学时，李艳有一道题不会。张星给她讲了三次，我们都记住了，她还没有。我们只好一人给她讲了一次……”

“我们小组完成学习任务后，还一起玩游戏了，可有意思了……”

同学们你一言我一语，教室里空前的热闹。

李妮这组除了王亮，大家住得都近，晚上学习基本都在李妮家里。

王亮在小组里有点儿怕李妮。比如，王亮学习不太专注，写作业时，写着写着，就在草稿纸上画起小人玩起来。李妮就会用笔，点着他的书本，看着他，那眼睛睁得大大的，看着王亮。王亮看到这双眼睛，仿佛听出：“王亮，专心学习呀，作业没有做完，怎么又想到玩呢？”再比如说，王亮看到数学就头疼，打算把赵恒的作业拿来抄一通时，李妮就会把眼珠转到眼角看王亮，好像告诉王亮："这样的事也做得吗?"王亮的生活习惯不好，书包里的东西乱七八糟，作业书写得太潦草，赵恒管他数学的书写，刘怡璇管他的英语……

这个学习小组，一点一点地收拢着王亮的心，收拢着其他同学的心。王亮明显感觉到，生活中的不安和焦虑正在慢慢退去。

两个多月过去了，王亮的学习有了较大的进步，他很开心。他觉得，这个互助组很有趣，喜欢大家坐在一起学习的感觉。刚开始，他觉得快乐很难得，到后来，快乐变成了一件自然而然的事，他人也开朗了许多。

每当作业完成后，小组里的同学就开始自娱自乐：唱唱歌，歌声嘹亮，欢声不断；讲讲笑话，一阵又一阵的哄笑响彻夜空；做做游戏，斗鸡、捉迷藏、抢红旗……丰富多彩，精彩纷呈。

时光静静地流淌，就好像鸟儿筑巢一样，一片树叶又一片树叶，一天又一天，五个少年之间的信任，也在学习互助小组里慢慢地建立起来。

除了学习，吃饭没有吃相、作业本乱扔、被子堆一团、难得整洁的王亮，卫生方面也改变了许多：书包里的书本整整齐齐，早晨起来开始叠被子了，衣服上也不再有饭痂子了，两三天里也会抽出时间来打扫房间。王国平逐渐感觉到家里的整洁，慢慢也开始注意自己的卫生习惯了。

时间的步伐总是很快，跟着它的脚步，很快到了深冬。阳光平和，蓝天高远，穿过光秃秃的林木，可以望见远处的朵朵浮云。

初二(3)班的学习互助小组已经实行了三个多月，同学们当中，以前闷葫芦型的，现在爱发言了；个别后进生不再自暴自弃、放弃学习了；学生不再畏惧老师，课间总有学生和老师攀谈。整个初二(3)班呈现出比、学、赶、帮的浓浓学风。

很平常的一节自习课，李虎老师问，谁会背诵《论语》中的《学而》，同学们纷纷举手。李虎老师点名让王亮来。

王亮是出了名的嘴笨。他站起来，磕磕巴巴地开始背诵："子曰，学而时习之，不亦说乎？有朋自远方来，不亦乐乎？人不知而不愠，不亦君子乎？"这个在课堂上一发言脸就红，脸一红就什么都忘记的少年，现在课堂上发言虽然还是脸红，但也能背出不少东西来。

“同学们，谈谈对《学而》的理解和看法，大家畅所欲言。”

“学习需要不断复习才能掌握。学了知识，按时复习，这是愉快的事。”

“学习需要经常不停地复习，才能快乐；有朋友从远方来，很快乐；别人不知道自己，也不生气，难道不是君子吗？”

…………

“这两个同学回答得都很好。不过，我想提醒同学们，别把这三个问句割裂开来，以为三句话是各说各的事儿。其实，这三句说的是一件事儿。什么事？学习。三句话讲了学习的三个层次，三个阶段。第一阶段是学新知识，要巩固旧知识，‘学而时习之’。第二阶段是朋友相互切磋。何必要‘有朋自远方来’？志同道合的朋友就在我们初二(3)班，就在我们身边。咱们互相学习，共同进步，这不是所谓的双赢、多赢吗？到了第三阶段，我们已经找到了学习的乐趣，学习成了我们的习惯，我们披星戴月，我们乐此不疲。当然有人不理解了，可我们不生气，我们做我们愿做的爱做的事。‘以中有足乐者，不知口体之奉不若人也’，讲的就是这个意思。”

看着同学们安静认真地听讲，李虎老师接着讲：“古人云：‘近朱者赤，近墨者黑’，环境对于每个人的成长都起着至关重要的作用。一个良好的社会环境造就了人们安定舒适的生活，一个良好的家庭环境为孩子身心健康的发展奠定了坚实的基础。同样，同学们在学校学习，也需要一个良好的环境做保障。我们现在的学习互助组就是营造一个良好的班级学习氛围。我们要做有礼貌、有志气、守纪律、能吃苦、能忍耐、有作为的好学生。”

…………

初二(3)班好像一个巨大的磁场，吸引着这个集体中的每一个人朝着共同的学习目标努力。纯净的月光照着汉江，照着师生们，也照着这个团结共进的班集体。

初二(3)班学习互助组的学习模式，引起了校教务处的高度重视。李虎老师在教师教学交流会上详细阐明了他构思、组建学习互助组的主要目的。

“就是要让学生理解老师的良苦用心，按老师的要求来做。要有好的学风。‘攻城为下，攻心为上。’学生思想是需要解决的主要问题，纪律、卫生、成绩等都是附带产品。要达到‘无为而治’的境界，就要通过各种形式，采取各种方法先武装好学生的思想，即攻心。学生的心若改变，他的态度会跟着改变；学生的态度若改变，他的习惯会跟着改变；学生的习惯若改变，他的性格跟着改变；学生的性格若改变，他的人生会跟着改变。这场攻心战中，我认为，最重要的是解决了学生的动力问题，让他们在学习上化被动为主动。比如，我班的学生王亮，以前学习基础差，学习习惯不好，学习信心不足，加入学习互助组三个多月来，进步不小……”

李虎老师的教学交流发言，获得了满堂彩。经过一系列的论证，学校推广了学习互助组这一学习模式。

深冬的月亮是迷人的，圆的，像银盘；弯的，像银镰——纯净、温柔。

寒假到来了，各小组都在热烈讨论如何过寒假。李妮小组的同学们商量着要过一个不一样的寒假：

“我们小组的学习不能停，大家可以建议一个合适的时间段。”李妮向小组成员提出倡议。

“我早晨要去踢足球，学习的时间，放在下午，我可以参加。”张一山抢先说道。

刘怡璇说：“学习小组我参加。还有，假期里我想和爸妈一起去养老院，看看那些老人。”

赵兰兴奋地说：“假期里，我要去学唱歌，我爸妈已把教我的老师找好了。”

王亮听了小组三人说的，若有所思：“其实，我也不知道寒假里做些什么。原来打算参加舞龙舞狮队，刚才听了你们讲的，我想参加学习小组。我的成绩还是要好好加强的。我还想到养老院，看看那些老人。刘怡璇，你去养老院时，可以把我叫上吗？”

“可以呀！我爸妈带我去的时候，我叫你。”刘怡璇倒是很爽快。

“还有，我们小组在假期里可以增加阅读量。我想，大家在一起看书，看我们感兴趣的书，会是一件很幸福的事情。”李妮的倡议，引起了大家的赞同。

感兴趣的书，对于小组的同学们，都是值得期待的事情。更何况，大家一同阅读，一同玩耍，一切能引起他们兴趣的东西——像清澈的溪水轻轻抚摩着大地美丽的花儿。石缝里的蜥蜴，柏杨树荫中的小鸟，小河里的鲤鱼，自己感兴趣的书，到养老院看望老人，都能引起他们的兴趣。书中的世界是一个美好的世界，社会上少年们会自己去实践，少年们共同愿意做的事，都是美好的事情，都会让他们觉得很幸福。

五名少年，很快商量好假期里如何度过，他们将要共同学习，共同参加社会实践。

这一天，五名少年一起来到了敬老院。

一进敬老院的大门，少年们欢快地行动起来：李妮陪同老人聊天；刘怡璇和赵兰一组，为老人整理房间，给老人们剪指甲；张一山和王亮一组，为老人们打扫院子、擦玻璃、清理蜘蛛网。

一番忙碌后，同学们和老人聚在厅房里，满怀热情地嘘寒问暖，又听老人们讲故事。后来，他们踊跃给老人表演节目：赵兰唱了歌，李妮朗诵了一首诗，刘怡璇跳了舞，王亮和张一山表演了相声。

同学们纯真的表情，亲切的话语，投入的表演，让老人们乐不可支，掌声不断响起。看到老人们脸上洋溢起灿烂的笑容，他们也会心地笑了，体验到了帮助别人的欣喜快乐。

回到家里的王亮，久久不能入睡。敬老院的场景，在他的脑海一幕一幕地播放。虽然是寒冬的夜晚，但是他心里一直暖烘烘的。

天空虽然陆续闪现了新的星星，但其中最大、最美的，还是那最亮的星星。正如他的同学们，今天慰问老人们，带给他们的温暖一样，他们就是老人心里最亮的星星。

快过年了，其他三个小组邀请全班所有小组，一起参加“语言美”演讲比赛。大家约定必须由男同学上场，他们组抽签让王亮演讲。

这可让少年们犯了愁，让王亮演讲，那可就输定了。王亮也急得面红耳赤，直嚷道："上台表演舞狮可以，表演任何动作都可以；但说话不可以，演讲更不可以。"

"要不，直接认输吧！"

"或许，只能这样，他们都不同意换人。"

"这是明显的事，就是让我们小组输，全班谁不知道王亮出了名的嘴笨。"

"没法换人，直接认输也太怂了。王亮你大胆试一试，或许你是可以的；你没有试过，怎么知道自己不行？"

…………

演讲稿是王亮写的，几个人又提了意见，进行了修改。王亮也能把演讲稿默写下来，可是一背就是断断续续，始终流利不起来，更别提加上表情和肢体语言了。

好不容易背熟了，一上去试演就结结巴巴的。几次下来，小组的同学小声议论：

"这怎么办？"

"不好办。"

"估计我们小组要输了。"

李妮不放弃，一次又一次鼓励着王亮。一个动作，一个眼神，几个小伙伴不停地指出问题，王亮一遍又一遍地背诵着，整整一个新年，王亮都在准备着这件事。他不能让小组的伙伴失望，更不能让李妮失望。

终于可以在小组成员面前流利地演讲了。王亮通过这次演讲练习，分明觉得自己血液正在加速流淌，力量正在重新注入身体。他心里充满感激，感激小组的同学，感激生命的坚韧和对他的厚爱。望着那一双双真诚、单纯的眼睛，他的心甜甜的。

开学第二天，初二(3)班开始了"语言美"演讲比赛。看着参赛同学一个又一个上场，王亮心里的小鼓，不停地擂响。

王亮在台下听见主持人叫他的名字，心一横上了台：依着龙龙所说，就当没有观众，把他们全看成柱子吧！

同学们：早上好！

今天我演讲的题目是《语言美，春风化雨润心田》。

我们学校的同学们，一直是热情、勇敢、积极的好少年。可是，我发现，有的同学也在说脏话。当然，这只是在他们生气的时候，这样不好。

说话文明，举止文雅，是中华民族的传统美德。一个人，如果能够出口成章，滔滔不绝，语重心长又催人奋发，就最能体现出他高尚的品德修养。当有人不小心碰到了你，他一个劲地说对不起，你还能生气吗？相反的，如果他说一句：“不就是碰了你一下吗，有什么了不起?”你肯定会很生气。你帮了别人，他对你说谢谢，你心里肯定甜滋滋的。得理让人，失礼道歉，真诚地与人相处，与人为善，相互尊重，相互信任，你会发现一声“你好”给别人带去一天的好心情，一句“谢谢”拉近了人们之间的距离，一声“对不起”能化解剑拔弩张的冲突，一个“不要紧”等于给人吹去阵阵温润的春风。一句温暖的话语，一个体贴的眼神，看似微不足道，实则意义深远。

孔子曾说过：不学礼，无以立。我国是一个有着悠久历史的文明古国，具有礼仪之邦的美称。一个人从他来到这个世界的那一刻起，就需要别人的爱抚、安慰、体谅、关怀和帮助。当我们快乐时，需要和别人分享；有痛苦烦恼时，需要向别人倾诉。我们大家一起相处时，需要宽容、友爱、理解，不埋怨、不嫉恨、不猜疑。

同学们，让我们都行动起来吧，让“请”“您好”“谢谢”“对不起”“没关系”“再见”成为我们的日常用语，让我们每一个人都用友好、诚恳的态度待人，用热情、大方的举止处事，给他人带来愉快和谐，让校园充满爱的温馨，让文明礼貌之花在我们的校园竞相绽放！

哗！哗！哗！热烈的掌声告诉王亮，他的演讲还不错。

他欢愉地往李妮那里望了一眼，看见她脸上的笑容，像水波似的一层一层荡漾开来，顿时开心得嘴都合不拢了。

演讲结束了，王亮虽与前三名无缘，但获得了优秀奖，最重要的是克服了上台在众人面前说话的障碍。这件事也激励了同学们，这样一个说话磕磕巴巴的同学，也可以流利地演讲。看来，通过努力，什么困难都是可以克服的。

演讲后的王亮情绪昂扬，一扫颓废，十四五岁少年的那份天真、淘气和快乐，都从这瘦弱的身体里钻了出来。在回家的路上，他随手捡了根树枝，将它想象成枪，想象成马，想象成指挥棒，一路自玩自要，自得其乐。

第十三章　陪伴李妮康复训练

生命在生活里早已埋下伏笔。当初，从王亮踏入李妮家的那一刻起，他就有一种温暖可亲的感觉，仿佛一只漂流的小船于茫茫大海之上忽然找到一个长着大树的码头。这个码头就是李妮的家。当他与李妮一家人一桌吃饭时，他发现自己渴盼融入这个家庭，甚至很快就融入了这个家庭。这儿不是他的家，但他却有一种家的感觉。特别是李妮的妈妈，这个家庭的女主人，中等个儿，胖胖的，爱笑，有着足够的耐心与温柔。她仿佛就是他的妈妈——一个走散了的受了很多委屈的男孩子又见到自己的母亲的感觉。

他们这个学习互助组的四名少年，待在李妮家里的时间最多。李妈妈是他们对李妮妈妈的爱称，不只是王亮喜欢李妈妈，这些小伙伴们都喜欢李妈妈。

要养育一个身有残疾的女儿并不容易：要宽容但不能纵容，要坚定但不能固执。特别是不能让孩子觉得，她和别人不一样，但要让孩子明白，她不能像其他人那样做所有的事情。李妈妈很高兴学习互助组放在她家里，以她这么长时间的观察了解，她觉得，这些孩子虽性格各异，出身不同，成绩好坏不一，但他们都是好孩子。

又是一个新学年，李妮要参加全省残疾人运动会的选拔。李校长已在市体育馆请了专业教练，李妮也很独立，按说，一切都准备得停停当当的了，李妈妈却又担忧起来：李妮双腿不能动，使不上力，能游出什么名堂来吗？丈夫忙着学校的事，自己上班也很忙碌，李妮还要正常上课，只有利用业余时间练习，实在找不到人陪伴女儿，晚上回来多不方便。李妈妈心里好舍不得，不想让李妮参加选拔。可是，李校长想让李妮接受挑战，李妮也愿意。就是父女俩没有想到，晚上独自回家的不方便、不安全。

因为李妮晚上要去训练，学习互助组暂时将学习地点转移到了赵恒家中。王亮主动申请每天晚上接送李妮，这样他就无法参加学习互助组晚上的集体学习。李妈妈怕耽误他的学习，谢绝了他。

昏暗的灯光下，爷孙三人很沉闷地吃着晚饭，谁也不说话，只有轻微的咀嚼声。王亮放下碗筷就回到自己的小屋，闷闷不乐。

“王亮，我回来了，你猜，这次我去了哪里?”

“去了哪里？我也不想问了。反正，你想来就来，想去就去。”王亮无精打采地回答。他一点儿也不惊奇龙龙的再次出现。

“王亮，怎么不高兴了?”龙龙倒是诧异地问。

“也没怎么。龙龙，李妮的妈妈拒绝我送李妮，说是怕影响我的学习。李妮训练完比较晚，李妈妈和李校长的工作又忙，一个女孩子家的，我有些不放心，怎么办?”王亮抓耳挠腮，很是无奈。

“我能够理解你的心情。这有什么难的，好办。”龙龙一副胸有成竹的样子。

“噢，那你教教我，好龙龙!”王亮顿时兴奋起来。

“这个时候只要把握一个重点：你可以帮助对方，但是要让对方不会感觉你是在刻意帮她，一切像是很自然地发生一样，懂吗？只要能够做到这样，大致上来说，对方就不会有负担了，就会接受帮助，顺利解决问题了。”

“嗯……我还不是很懂，龙龙。”王亮露出疑惑的表情。

…………

八月的汉江，尤其迷人。顺着沿江公路，大约一公里就到了市体育馆。汉江在市体育馆的前方很优雅地拐了一个弯儿，飘向了远方。月光下，它是朦胧的蓝色，那细柔的流水声，宛若舒缓的音乐，让人沉醉。对岸的景物是迷离的，影影绰绰，蕴含着无穷的神秘。

王亮一再保证不会影响学习，说他可以抽空完成全部作业，李妈妈才同意了他晚上接送李妮训练。这天，王亮陪伴李妮来到体育中心训练馆。两人穿过体育场往训练馆走去。在这么大的空间里，王亮觉得自己很渺小。他也很奇怪：像这种地方，一般都是给那些身体倍儿棒的人训练用的，可李妮是个残疾人，怎么练呢？

看着李妮萎缩的双腿，他犹豫着要不要劝李妮放弃："嗯，李妮！你……"

"你不要动手帮我，否则，我会很生气！"

王亮只好看着她用右手撑在轮椅上，左边半个身子虚了起来，用左手将裤子褪下来一点；然后，再换左手撑在轮椅上，右边半个身子虚了起来，用右手将裤子褪下来一点。李妮就这样左边右边换着，一点一点将外裤褪掉。整个过程，李妮动作非常熟练，看起来轻松自如，甚至还调皮地冲王亮眨了眨眼睛。解决掉外衣后，李妮的身体上只剩下泳衣。只见她重新直起上半身，用右手撑起整个身子，用腹肌猛地发力。

王亮从来没有如此震撼，如此惊讶。他有些担心，但随即慢慢放松下来。对于一个像王亮这样的孩子来说，陪伴李妮训练，这是一件心甘情愿并且非常快乐的事。他知道李妮很坚强，不敢贸然帮忙。

李妮从出车祸的第二年，就开始练习游泳，至今已有三年多，也取得了快速的成长和进步。以前她在市游泳馆练习游泳时，风里来雨里去的，无论酷暑寒冬，都能在游泳馆里看见她刻苦练习的身影。

王亮在李妮的身上看到了坚韧，看到了努力。虽说是陪同李妮，反而是李妮让他受到了震撼。从此，王亮不再抱怨生活。

夏天过去，秋天来了。

原先像一只巨大蒸笼的大地，一夜间散去了滚滚涌动的热气。世间万物，从暑热造成的大喘气中，慢慢平静下来——秋天的呼吸是均匀而细声细气的。

这是一个星期天的早晨，沿河堤的树木长得郁郁葱葱，密密层层的枝叶为他们挡住了刺眼的阳光。李妮和王亮正在大树底下练习演讲，不时有阵阵凉爽的风扑面而来。

王亮和李妮很熟悉了，可是，他从来不敢询问李妮怎么变成这个样子的。在李妮家中，互助组的同学都看到过她以前站立的相片，那双腿曾经是那么健康，那么挺拔。

王亮爱这硕果累累的秋天，他乐于陪伴着李妮。休息时，李妮看到河边鲜艳的花儿长得更高了，更美了。

“看啊，花儿和草儿一起在微风中沐浴阳光，翩翩起舞；柳树姑娘看得高兴了，也跟着它们一起跳舞，多开心！”李妮开心的笑语，引来王亮傻傻的笑声。

王亮的目光落在她的膝盖上，忍不住想问问她，那腿是怎么了，可又不知道该不该问。

“你想知道，我的腿怎么会变成这样，是吗?”李妮低下头，似乎在回忆。

“是想知道。但是这是伤心事，不提也罢。”王亮诚实地回答。

“那倒也没啥，既成的事实而已。我爸说要往前看。”李妮倒是平静。

“快四年了，好像还是昨天。那场车祸，等营救人员把我从车里拉出来时，我的两条腿已经没有一点儿知觉了。爸妈想了许多办法，一线城市的大医院基本都去过了，都没有用。可以说，目前这个样子是我最好的状态。”

“你不应该总坐着，得练练走路。”

她摇摇头：“我永远也不能走路了。”

“总有一天，你能走起来的！你游泳游得多好呀。”

“没有多大希望的。”她的神态，仍是风轻云淡。

李妮坐在轮椅上，她尽量让自己陷得更深一点儿，让自己更舒服一点儿。她让双腿抵着胸口，一副若有所思的样子。

“我刚失去双腿的时候，非常非常的绝望，甚至只想去死。我从五岁就开始学习舞蹈，七岁就代表市里到省城演出，你不知道，我多么多么热爱跳舞。但就是那次演出回来的途中，出了车祸。”

王亮喉咙阵阵发紧。在这样的时刻，他想哭，他感到心一扯一扯地发疼，这疼痛几乎要让他疯狂。

“虽然我无数次地想放弃生命，但一想到爸爸妈妈，一想到抢救我的医生，还有那么多关心我、爱护我的人，我就告诉自己，一定要坚强地活下去。我不想任何人帮我，我不想依赖别人，我要做到日常生活能够自理。现在，你看我做到了。”李妮调皮地挤了挤眼睛。

“你是怎么学会游泳的？我觉得好难，现在都不会。我曾经偷偷下到汉江里学了好几次，都没有学会。”王亮在李妮面前大方地承认自己的笨拙。

“你不知道，刚开始学游泳时，我一下水便失去重心，不停被水呛到。教练便托着我的下半身，让我练习漂浮、划水、换气。学了一段时间后，几乎‘天天喝水喝到怕’，可还是门外汉。我开始打退堂鼓了，对什么都提不起精神。这一切被教练看在眼里，他说：‘连这么一点困难都克服不了，你以后还能做什么？难道你就真的屈服了？’教练的当头棒喝让我打消了放弃的念头，加之爸爸妈妈一直在鼓励，我只能咬牙坚持。没办法，我忍受不了别人的轻蔑。

“为了克服因双腿残疾无法控制重心的弱势，妈妈想出了一个主意，每次下水前，都会在我的双腿间绑上一块浮板，防止我因双腿动不了而下沉。就这样，我靠两个手臂划水，一天天进步着。终于在训练了三个多月后，我惊喜地发现自己可以‘浮’在水面上了，从此对游泳的兴趣也越来越浓。

“妈妈紧紧地拥抱了我！她大声告诉我，她为自己的女儿感到骄傲！”

“你太厉害了！”王亮发自内心地感叹和佩服，想想自己，好胳膊好腿的，只是因为从小被父母抛弃，就怨天怨地的，太不成样子了。

回家的路上，他们东一句西一句地说着话。李妮讲她初学游泳的故事，王亮讲他小时候的事，讲他学舞狮的事，讲老中医的事。

还算温暖的轻风，带着树林好闻的新鲜气息。林子上空，却又似乎是暖洋洋的春天。踏着柔软、潮湿、由积年的落叶铺成的路，他们往前走，来到一小片草地上。这里却是一个热闹的世界。

草丛里开放着五颜六色的花，蝴蝶和蜜蜂在飞舞。蝴蝶不光有金色的，还有黑色的、银色的、白色的、褐色的……蜜蜂显得很繁忙，不停地吻着花蕊，不停地鸣唱着。阳光正照着这片草地，使绿色的草地发出金光。在那些腐烂的草木和黑油油的泥土上，长着一朵朵蘑菇，打着一把把白色的伞，像是在躲雨。

王亮吃惊地发现，过去的不幸变得无所谓了，他可以跟着李妮一起笑了，开心地、放声地大笑——仿佛过去的自己就是个该让人讥笑的大傻瓜。

功夫不负有心人。经过多轮选拔，李妮顺利入选省队，不日将到省城参加集训。

学习互助小组的同学们，为庆贺李妮入选省队，相约一起去放风筝。他们选择的地点不是平地上，而是要推着李妮到连城山顶的平台上放风筝。

这是一个美好的深秋，他们几个连推带拉，硬是将李妮运送到了连城山顶的平台上。这天空气清爽而纯净，太阳温和地照着大河和草地，几只风筝已经飞上了高高的天空。李妮痴迷地望着那只大雁风筝，那是她和小组的同学们一起糊的，正由王亮和张一山放飞着，仿佛那风筝将她的灵魂带进了天际。

大概空中有一股气流旋过，大雁风筝颠簸了一下。看着风筝似乎要下沉时，王亮和张一山快跑了几步。风筝又升高了，像要飞进云朵里去。

不知过了多久，风筝在空中一下一下地朝李妮的头顶移动过来。随即，她听到脚步声，回头一看，他们都欢快地跑了起来，每一步似乎都会踩出一个欢乐的音符。

李妮、刘怡璇和赵恒在山顶的草坡上，就这样看着他们在山顶的平台上来回奔跑，看着风筝在空中忽上忽下地转着圈儿。不一会儿，他们的脸上泛出红润，额头上沁出一粒粒汗珠。太阳照在草地和树木上，空气里飘着清香。阳光下，远远的汉江，闪闪烁烁，像流动着一江金子。

下山的路上，经过一条不知名的小溪流时，五个小伙伴中，赵恒、张一山、刘怡璇和王亮纷纷下水嬉戏，玩闹声响成一片。

“太好玩了!”李妮的眼里满是羡慕，恨不得自己也跳进溪水里去。

小溪两旁，争奇斗艳的花朵，色彩斑斓的树叶，形态各异的树干倒映在溪水里，使溪水变得五彩缤纷。高阔明净的天空下，飞着几只鸟儿，阳光从它们展开的翅膀里漏下。幽静的山谷里，不时传来鸟儿清脆的鸣啭。石径上，停着几只美丽的山雉，见人来了，便笨拙地扑棱着翅膀飞到树丛中去了。野兔等活泼可爱的小动物不时出现在眼前，待要看清楚时，它们却又机灵地溜走了。

这里的大山，藏着无限的秘密。这里的任何一样东西，都让五个小伙伴感到新奇，感到有趣。

…………

五个小伙伴回到市区时，天已经黑了。城市安静而柔和，路灯纷纷睁开了眼睛。晚风从汉江那边吹来，轻轻地摇晃着路边的树木，也摇晃着五个少年充满希望的心。

第十四章　少年的守望相助

闫文华无意间闯入了一个世界。他没有想到，一次普通的慰问演出，竟然打开了一个群体的世界。

自从龙江的龙舞文化被评为非物质文化遗产后，闫文华便带着他的舞龙舞狮演出队四处搞公益演出，让更多的人真正了解龙舞文化。特殊教育学校，是由政府、企业事业单位、社会团体、其他社会组织及公民个人依法举办的专门对残疾儿童、青少年实施义务教育的机构。当闫文华带着他的演出队来到这所学校演出时，受到空前欢迎。孩子们热烈的掌声，让久经演出的他们热泪盈眶。

这些孩子们，女学生分外的秀丽，男学生分外的帅气，他们的眼睛分外的明亮，只是他们都是些聋哑孩子。

刘涛是一个桀骜不驯的少年，全身透着一股野性，他只哑不聋，行动敏捷，号召力强。

他对龙舞演出表现出浓烈的兴趣。闫文华几次发现他观看舞狮、舞龙表演时所显出的入迷样儿，以及演出结束后，他抚摩着狮、龙道具的小心翼翼。而这一切，没有受过任何人的培养和环境的熏陶。

“这孩子身上，有一种特别的天赋！”闫文华心想。他直接问道：“你喜欢狮龙表演吗？想学舞狮、舞龙吗？”

刘涛惶惑地望着他，比画着问：“我可以吗？”

闫文华坚定地回答："只要你不怕吃苦，当然可以！"

刘涛兴奋之情溢于言表，坚定地点点头。

"我和你们校长商谈后，再来找你。"

刘涛一听这话，有些迟疑，但还是给闫文华鞠了个躬，就转过身走了。

在和校长聊天时，闫文华才知道，这个学校毕业的学生，由于身有残疾，找工作比较困难；有的人即便找到了工作，干的时间也不长。

龙江的龙舞文化是非物质文化遗产，目前，舞狮、舞龙人员队伍不断扩大，人少可舞，人多可舞，场地大可舞，场地小可舞，形式多种多样，不分年龄大小，当地群众参与众多，已在全国有了名气。但是，道具制作技艺人员一直匮乏。龙江的龙舞道具由草龙、板凳龙、握杆龙、彩龙四大部分组成，现存的有四类十二项不同特点的龙舞道具制作工艺。

闫文华当场表示，若是有这里的学生愿意从事龙舞道具制作，愿意提供场地培训这些学生，毕业后可到龙舞道具制作部工作；而愿意舞狮、舞龙的学生，他们也可以进行指导、培训，使其能够在舞台上演出。

校长很高兴，这是个大好事呀！既让这些聋哑孩子学到了技艺，又使他们有了工作，有份养家的收入来源。何乐而不为呢？

"闫站长，培养这些孩子要比普通孩子费心、费力得多；这些培训指导又都是公益性的。那可得你多多辛苦了！"

"没事，这些孩子都是好孩子。况且，让他们学门技艺也是好事情。"

…………

特殊教育学校按孩子们自愿报名的情况，很快成立了舞狮演出队和龙舞道具制作队，并根据学生上课的情况进行了合理的时间安排。

舞狮演出队的队长刘涛，由于寄养在姑妈家，寄人篱下的生活没有温暖，没有孩子才有的甜蜜的梦，得到的只是冷眼、叱责、怒骂和层出不穷的尖酸刻薄。姑妈是个老实的城里普通工人，她疼爱刘涛，节衣缩食将他送到特殊教育学校，但却无论如何也难以防范刁钻的丈夫对他的侮辱和伤害。周围的孩子也常常欺负他，就在这样的环境下，他变成了一个喜欢幻想、孤独而又桀骜不驯的孩子。在聋哑学校上学期间，他很少玩耍，除了幻想，就是潜心看书；他像只饥饿的书虫，对书如痴如醉，尤其文学类书籍，更是沉醉其中，一会儿眉开眼笑，一会儿泪水涟涟。书将他带进充满温情的家园，带向扑朔迷离的远方，带向梦想所在的天地。他是一个做事专注的孩子，学习刻苦努力，成绩也非常好。

刘涛的号召力极强，这十几个少年都听他的话。这些半大的聋哑孩子，长期忍受着别人蔑视和耻笑的目光，敏感、自卑、木讷、迷茫是他们共同的特点。闫文华对他们更多了几分耐心和爱心，在学习上、生活上都不遗余力地指导他们，帮助他们，如春风细雨一般，润物无声。

街道两边的银杏树，在风中飘着落叶。风渐渐大起来，吹得地上的落叶纷纷向前跑，像一群掠地而飞的鸟儿。

王亮第二次来到特殊教育学校。第一次是作为闫文华的助手前来，这次是作为小老师来的。闫文华因公务要去外省三个多月，考虑到刘涛他们的特殊性，加之与王亮同龄，就让王亮利用课余时间暂任排舞教练。

尽管来之前，王亮专门请教了李虎老师，也算是做足了功课，但心里还是有些忐忑不安。同样是青春少年，毕竟他们跟自己还是不同。他们有的耳朵听不到，有的不能说话，有的耳朵听不到且不能说话，仿佛来自另一个世界。

对于如何正确地帮助别人，李虎老师跟王亮说了一些故事，还提到了帮助别人要用换位思考法，要尊重别人，让对方能够开心地接受，这样才是真正的帮助；不然，再多的关心，也只会造成对方的麻烦与困扰，甚至是敌视和不配合。

李虎老师说，看得出来，王亮很认真，也很热心，是真心想要帮助这群和他同龄的聋哑少年。不过，他也说了，他的方式只是建议，所以王亮要用自己的智慧去找一找，看看他自己能不能摸索到，什么是“帮助别人的正确方法”。

“就是要帮助别人，但是，还不能让别人知道。”王亮很认真地说。

“这就更有利于帮助别人。”

就这事，王亮和李妮商量过。但今天，真正走近这群少年，他心里还是有些犯怵。

“王亮，爱是最伟大的力量，你就当他们是你的亲兄弟，真诚相待，爱他们，认真教他们，就可以了。不要有太多负担，敢拼就能赢……”李虎老师的话，给了王亮敢挑担子的勇气。

“王亮，我相信你可以做得很好的。祝贺你有了一帮新朋友……”李妮信任的眼神，鼓舞着王亮。

这群比王亮个头儿还高的学员，个个都很精神，有的紧张、羞涩地微笑着，有的怀疑、充满好奇地看着小老师。只有刘涛满不在乎，甚至带着几分挑战的神情。看到特殊教育学校陪练的老师微笑又疑虑的眼神，王亮的心里七上八下。他慢慢地攥紧拳头，不断地给自己打气，叮嘱自己：他们是我的兄弟！

“大家好！我叫王亮。这三个月，我将和大家一起学习舞狮。我先表演一下，请大家多指点。”话音刚落，王亮就给大家鞠了一躬。

不一会儿，“锵咚锵，锵咚锵咚锵咚锵……”的音乐响起，只见一头威武的大狮子跳动着上场了。它时而张牙舞爪、东跳西蹿，时而又摇头晃脑、温顺异常。突然，它“嗖”地一声跳到了石桌上，玩起了直立、倒立，甚至在小小的石桌上翻起了跟头，让人看着觉得惊险不已。每当完成一个高难度动作，现场就会响起一阵热烈的掌声和欢呼。

王亮这场见面舞，赢得了少年们的尊重和信服。他信心大增，乘胜追击，开始给他们教授舞狮。

相对身体健全的人来说，这群少年的每一个动作都要付出更多艰辛和汗水。“敢拼才能赢”成了这群少年响亮的口号。就是靠着这种拼劲，他们在后来的学习训练中，克服了各种困难，经历了艰苦磨砺，获得了进步与成长。

秋风吹尽了绿色，将褐色涂满了大地。学校里的荷塘已是一片枯寂，满池的荷叶染上了深重的黑褐色，而且已变得稀稀落落。不少荷柄已经折断，落在水中；立着的那些，也都卷了叶，一副很倔强但又难禁秋风的样子。

但无论是王亮，还是聋哑学生们，心情却都比荷叶还是一派生机时要好。

一群少年当中，只有刘涛跟王亮不远不近，似乎有意识地远离着王亮。但是，他练习很用功，少年们回去休息时，他还常常一个人在操场练习。

特殊教育学校院墙外是一大片田野。冬末春初的田野，别有一番景致：到处是水田，水汪汪的一片，微风一来，水面泛起一道道细细的水纹，一道赶一道，往远处散去；风再大一些，田野上便会四下里发出一种水波撞击田埂的声音，柔软的，温和的，絮语样的，田野也便不再那么无聊和寂寞；中午若有一派好阳光一把一把洒下来，水面上便泛起细碎的金光，把世界装点得格外迷人。

王亮和刘涛都很喜欢这样的田野，经常会带着队伍到边上跑一圈，然后才回学校继续练习。刘涛在练习腾翻时，一个不小心，整个人摔倒在地，一时竟无法站起来。一旁的王亮赶紧跑过去问，有没有摔伤或是哪里不舒服；检查之后，发现脚踝处有些扭伤。王亮曾扭伤过脚，知道将受伤的脚抬高过心脏位置，有利于血液回流，再敷上冰块，过段时间便可以止血消肿。他和同学们一起，将刘涛扶到一旁，让他坐下，把他受伤的脚高高地抬了起来。

同时，他让一个同学很快从附近的便利店要了一块冰，在学校找了一条干净的毛巾，再将冰块用毛巾包裹着，然后轻轻地敷在刘涛脚上。

“用冰，会把血管冻坏的。”有一个同学想制止王亮。

“大夫说过，扭伤的脚如果不赶快处理，很容易发生出血肿痛的情况；不过冰敷的时候也不可以太过用力，轻轻地压住就好。否则，受伤的地方受到压迫，也会让情况更严重的。我以前练习时也经常弄伤自己，慢慢地掌握了技巧，就不会受伤了。”王亮边帮刘涛冷敷，边向大家解释。

“麻烦你帮我计时。从现在起过十五分钟，记得要跟我说。”王亮抬头看了他一下。

“为何要计时十五分钟呢?”站在一旁的同学中，有人好奇地提出疑问。

“因为冰敷太久，容易让血液循环不良，甚至感到局部麻木，皮肤青紫，所以每个小时的冰敷时间，最好不要超过十五分钟。”王亮认真地向同学解释。

“喔，原来是这样子啊。王亮，谢谢你。”

刘涛的脚痛已经舒缓了许多，打着手语向大家道谢：“王亮，还有各位同学，谢谢你们帮我。”

过了些日子，天气越来越暖和起来。灰暗了好几个月的天空，慢慢地变得明净。学校的白杨树向阳的一面，开始泛潮，微微发出绿色的光泽。生命复苏的气息，正在无垠的空间里生长着、浓厚着。

人们的心里希望的小树越长越高。

天气暖和得很快，太阳变得越来越强烈；阳光晒到人身上，似乎也有了分量。这些孩子们练习很用功，汗水逐渐溻湿了他们的脊背。这是一排细溜的、有着健康曲线的脊背，在阳光下闪耀着古铜色的亮光。

孩子们舞得都很好，汗珠爬满了他们的脸颊，都顾不上擦一把。这是支威风凛凛的舞狮队，一头头“狮子”在阳光下金光灿烂，美不胜收。“狮子”的舞姿优雅而威武，柔韧而刚劲，表情或喜或悲，或庄或谐，呈现出一派生龙活虎的景象。学校的空地上不知道什么时候站了许多人，大家都兴高采烈地看着，议论着。有几位老师一边看，一边笑，一边鼓着掌。啪啪啪的声音就在这夏日的天空下回响不止，并且愈来愈响。舞狮队的学生们练习得越发带劲起来。他们将这块空地当作了舞台，沉浸在一种贯穿全身的快感里。

舞狮队吸引了全校孩子的目光。特殊教育学校的老师们越来越感觉到，孩子们比以前好管理了。这些孩子们能吃苦了，爱学习了，互相关心了，在学习和生活上遇到什么困难，逐渐知道互相商量、相互帮助了。他们的脸上经常有抑制不住的快乐，在各种场合表现得越来越自信。这是多么令人鼓舞、令人欣慰的事情呀。

学校认识到这件事情很有意义，若是能促进孩子们心灵深处萌生对未来和前途的自信心，帮助他们展开幻想的翅膀，使他们树立积极向上、昂扬奋发的人生观，那将是多好的一件事呀！

特殊教育学校决定组织一场以舞狮为主的才艺表演。

演出的当天，特殊教育学校的老师、学生、家长，还有邀请的其他学校的老师们，都按时来到了操场。一时间，操场上是人山人海。

两位主持人一男一女。男主持人说话的同时，女主持人用哑语主持。

主持人先介绍了舞狮这种中国民间传统表演艺术。随着介绍的结束，只见一头威武的大狮子跳了出来，围着舞台中央一张方桌不停地转着圈儿，撒着欢儿，时而弹爪挠痒，时而晃脑卖萌，时而腾空飞扑，时而打滚撒泼。舞着舞着它似乎累了，一副气喘吁吁的样子趴在地上，不一刻竟似睡着了，那副憨模样引起一片笑声。这时候，舞狮的少年着急了，只见他撸起袖子挥着拳头对着狮子的头“哈”地大吼一声，猛击下去，狮子立刻惊醒过来，赶紧又舞动起来。随着少年一声令下，只见它弓腰曲背，猛地跳上了桌子，在小小的方桌上闪转腾挪，连翻跟头，有几次好像差点儿就要掉下来，惊起呼声一片。

观众的掌声、笑声刚停下，舞台上又有十头红的、黑的、黄的，颜色和形态不一的狮子分成东西两队，随着震耳的锣鼓声舞开了。舞狮的少年十分卖力，忽而站起，忽而趴下，忽而纵跃，摇头摆尾，大嘴张合，眼睛眨动，虽颜色不同，但队形整齐，动作划一，形象生动，赢得人们阵阵热烈的掌声。

只见三名少年，两个穿着花花绿绿的裤子，而另一个则是手里拿着红球，也就是狮子球。开始舞狮了，两个穿着花裤的老头钻进了狮体，裤衣刚好合身，成了头大狮子，鼓声锣声撮合在一起成了舞狮声。少年拿着狮球一声吆喝，狮子就追着狮球跑起来。但狮球在少年手中上下翻飞，灵活异常，狮子一时抢不到，似乎发怒了，双脚在地上蹬得尘屑乱飞，紧接着抬起前腿直立起来，猛地向前一扑。少年向旁边跨出一大步转个身，狮子又扑空了。它很不甘心，又追着狮球跳跃跑动起来，好像在说：“这球本就是属于我的，快还给我!”

在众人热烈的掌声和欢呼声中，舞狮表演结束了。

…………

节目一个接着一个，都演得不错，让人心动，让人发笑，让人掉泪，让人拍巴掌叫好。台下台上的人将过去的、现在的一切烦恼与不快都暂且忘得一干二净，只顾沉浸在此刻的欢笑里。

演出大获成功，许多家长和孩子们都流下了激动的眼泪。参加演出的少年们的父母都走过来，将闫文华和王亮围了起来。一位父亲用力握了一下闫文华的手，那一握之中，传达了难以言表的激动和感恩。有的母亲则用手捂住嘴巴，不让自己哭出声来，慈爱的目光，一直注视着孩子脸上欢快的笑容。

在这样一个风调雨顺的年头，他们的孩子，这些聋哑孩子，今后走在街上，将不再自卑，不再会觉得难堪；他们迎来的，将会是一道道尊重、友善的目光。而因为孩子的快乐和自信，他们父母，也将会觉得日子有希望了，有奔头了，一切都可期可待。

特殊教育学校的会演结束后，又有一批学生踊跃报名，有参加舞龙队的，有参加舞狮队的，有参加龙舞道具制作的。

教育就是爱的工程，有爱才能走得更远。

闫文华和王亮的这一举动，紧紧拉起了残疾孩子们的手，为他们打开了一扇通向光明的门，使他们在“学业有教、监护有人、生活有助、健康有保、安全有护”的道路上前进了一大步。

龙龙是王亮梦想里的友谊，时隐时现，陪伴着、温暖着他，两人可以说是心有灵犀。当王亮心情不好的时候，龙龙能感觉得到，他会用温柔的眼睛看着他，给他加油鼓劲。

龙龙是有生命、有呼吸的。

他尊重这片充满活力的地方。他知道，每一粒种子、每一颗嫩苗、每一块树皮自身都是充满希望的。

天空很蓝，多情的蓝色唤醒了花蕾和树叶。

走进这片寂静的森林，王亮看到了各种各样的生物：有紧紧缠绕在树枝上的常青藤，有红色的小花、穿着金色外衣的黄水仙，还有那些令人宽慰的看不见的存在，生存在泥土中的数百万微生物。

这个下午的时光就好像缓慢下沉的一滴蜂蜜，香甜缓慢地流逝……

第十五章　爱是生命的源泉

春天里孕育着希望。

汉江两岸的垂柳已飘动起千条万条柔韧的枝条，远远望去，像是绿色的雨丝，又像是团团绿色的云雾。汉江水在春天的阳光里流淌着，水中的水草，一团一团地甩动，如同奔腾的马群飘动在气流中的尾巴。对岸的景物是迷离的，影影绰绰，给人无穷的遐想。

刘涛伫立在江边，久久不动，沉浸于这宁静和安怡之中。后来，他索性躺在湿地公园背角的椅子上，闭起眼睛，脑海里却如放映电影一般，一幕又一幕……

当他们的聋哑舞狮队表演获得成功，走向省城，走出国门，获得荣誉，他们有着按捺不住的兴奋，感到世界上的一切都变得美好起来，整个身心都变得充满了力量。

他和他的残疾少年队友们，从舞狮表演中获得了很多的诸如生命、意志力等方面的意义，世界观有了大的改变，不再抱怨，学会感谢生活，感恩相遇相助的每一个人，并愿意把这样的爱分享传递下去。

在刘涛的记忆中，那一年的冬季，永生难忘。那是王亮刚代教他们时，冬天夜晚的城市，很早就寂静下来。王亮从聋哑学校出来，在街道上踽踽独行。前后左右的灯光，把他一个人映照出好几个浓淡不一的影子。天上正下着雪，王亮头上没有戴帽子，一头短发像庄稼地里的稻茬。那雪片一片一片落在他头顶，很快地触及头皮，使他不停地打着寒噤。他缩着脖子，匆匆赶路的背影，让刘涛放弃了对抗、捉弄他的念头。

那时，他们是多么的压抑啊，每个人心里都积压着一种对这个世界的怨恨。嫉妒、自卑、羞耻、怅然若失……各种情感交织在一起，挤满了他们这群残疾少年的身心。虽然表面上看对一切都无动于衷，但心底已经是惊涛骇浪，埋藏着不安和不服，捣乱的念头会不时地窜出来，像把利刃一样，将周围撞上的人狠狠地刺一下。

他想起老师跟他说："你的心里开了一朵花，你的全身便会充满春天的芬芳。不管遭遇到什么，你要永远相信：生活是无比美好的。"

幸好能在特殊教育学校上学，幸好遇到了好老师，幸好遇到了闫文华，幸好遇到了王亮……镜头不断地切换，刘涛的愉悦，如汉江之水，绵绵密密流淌着。

李虎等一批年轻有为的老师们，在教育主管部门的大力支持下，成立了教师联盟，教师之间横向、纵向的联系不断加深。他们深刻认识到，在教育青少年时，要注意抓细微之处，重视青少年基本品德的养成教育，通过坚持不懈的努力，提升青少年的整体素质。

同时，培养青少年要在时代要求和民族文化的结合上找准定位，既注重国民性中的优秀品质在青少年身上得到传承，又着力塑造青少年的现代素质结构，使青少年能更好地顺应时代发展和未来社会的要求。这群有理想、有抱负的教师们和教育部门一起，不断探索、引导着孩子们健康发展。

这座城市学校与学校之间的交流，不断扩大。这座城市的课外补习班，日渐减少。这座城市的图书馆和书店，免费向青少年开放。老师的课越讲越有趣，学生越来越少了拘谨，甚至许多生来就讨厌上学的孩子也开始感觉到上学的乐趣。青少年团体、家长和教师组织越来越多。比如，少年乐器团、体育少年团、绿色少年团、交通少年团、文物保护少年团、少年阅读团、少年运动团，等等。游戏厅在这个城市几乎没有了生存空间，公园、体育场和广场，出现了越来越多青少年的身影。

这座城市的明星是蓬勃向上的青少年！这座城市，日益祥和、青春起来！

初春，空气虽然仍使人觉得凉丝丝的，但周围的一切告诉人们，一个新的季节还是来了：天空消失了阴霾，变得清朗；冻僵的泥土变得松软，有了弹性；视野里，柳树枝头已绽出嫩油油的新芽。

这是一个使人产生希望的季节。

五所中学要联合演出了，这座城市的人们奔走相告。这一天，五所学校的师生和家长，还有闻讯而来的群众，将市体育馆的看台坐得满满的。

四名少年主持人上场，英气逼人。

一对男女主持人说话的同时，另一对男女主持人用哑语主持。

音乐慢慢响起，主持人解说开始：

“龙是中华民族的象征，是炎黄子孙自尊、自强、自信、自豪的象征，是中华民族信仰和凝聚力的源泉。舞龙的习俗起源于汉初，盛于唐宋，表达着祥瑞和祈愿，传承至今逐渐成为一种具有多种表演技巧和浪漫主义的民间舞蹈艺术，和以速度、力量、技巧为特点的竞技体育。下面请看‘五龙抬头’。”

五所学校的五条小龙，受惊扰而醒，抬头观望，群龙飞腾，地动天惊！

当观众听到主持人介绍这五条小龙的表演者，是特殊教育学校的孩子们时，雷鸣一般的掌声，如潮水涌来。

…………

下面请欣赏：“群狮欢舞”。站在舞台两边的哑语主持人，不停地解说：“他们朝气蓬勃，他们龙腾虎跃，他们团结、信任、协作、无所畏惧。”

九头狮子静静地伏在地上，等着号令响起的那一刻。当一声号令发出时，鼓声骤然响起，慷慨激越。领头的那头狮子随着鼓点一跃而起，雄劲有力，九头狮子跟着一齐飞腾而出。头狮率先跳上木桩，跳跃、翻转、扭身、甩尾，直上到木桩最高处，昂然直立，翘首凝望。这样的一幕，让所有人心情振奋，仿佛看见了在世界东方屹立不倒的中华民族！

节目一个接着一个，精彩纷呈。台下的观众，或跟着台上的节奏晃动身体，或张开双臂大力挥舞，或不遗余力使劲鼓掌。台上舞到绝妙处，他们就会情不自禁地喊一声："好!"

场上静了下来，两个女孩推着轮椅走向舞台中央。轮椅上的男孩吹起笛子，一个女孩唱起歌来，另一个女孩翩翩起舞。歌唱得轻快、脆亮、活泼，有如天籁。笛子吹得婉转悠扬，如泣如诉，富有节奏，那节奏又仿佛是为轮椅在这绿色之中旋转而配的。这舞，这歌，这笛声，是在呼唤；呼唤人们随它到爱和信任的国度去，爱老师、爱同学、爱家人、爱邻里、爱学校、爱民族、爱国家；在爱和信任的国度里，没有痛苦，没有仇视，任何人都不会彼此剥夺幸福，那里的太阳好像童话中幸运女神头发上的金冠，光辉灿烂。

在乐声的悠扬中，突然发出一个响亮的声音："你是幸福的，在我们的国家；你是美丽的朝霞!"

哑语主持人配合着播音主持人，告诉大家："你是幸福的，我是幸福的，他是幸福的，我们大家都是幸福的。"

音乐停息了。安静中响起一道掌声，然后迅速蔓延，直到全场会聚成一片大潮。

…………

王亮和许多人都毫不掩饰地流着激动的眼泪。这时候，从地面到城市上空的云彩之间的整个天地，都响彻了音乐。一阵阵旋律激荡着，如一道道亮光，穿过云层，直达闪烁的群星。

爱是世界上最伟大的力量，爱就是光，不但要迎着光向上游，还要把自己活成光的样子，照亮他人，照亮社会。

王亮昂首挺胸，向着光的方向走去；刘涛和残疾少年们昂首挺胸，向着光的方向走去；许多人昂首挺胸，积极、阳光，向上、向善，迎着光向上而去。

散场回到家中，王亮还沉浸在兴奋中。

王国平也很高兴，对王亮说："不简单呀！聋哑学校的孩子演得真不错，我知道你是他们的小老师。"

王国平说着从怀里掏出一包东西来，原来是油炸的花生米，一瓶二两装的酒。看来，他是要庆祝一下了。

台灯下，王国平的面容显得格外忠厚和慈祥，也透露出一些苍老。他喝着酒，发出一种舒适而快活的吱吱声。喝着吃着，他的脸就红了起来，情不自禁地看向王亮，眼睛里尽是快慰："亮宝贝儿，不错呀！你看，这些孩子高兴的。你们不但自己能跳好，还带出来了这么多孩子。刚才，这些孩子的家长都跑到我跟前，不停地夸赞着你，不停地表示感谢。你们帮助了别人，也获得了快乐。这也许就是幸福吧。"

王亮看着爸爸，害羞地笑了起来。

王国平又喝了一盅，他的眼中便有了泪花。他朝着王亮笑着——一种欣慰得让人感慨的笑。

王亮坐在那儿不动，静静地望着爸爸喝酒，脸上笑意融融。

王国平将小酒瓶递给王亮："喝，你也喝。"

王亮拿起小酒瓶，用舌头舔了舔，顿时觉得舌头火辣辣的，于是，将小酒瓶回递给爸爸。

王国平笑了，但随即从眼角落下泪珠来。

不一会儿，一小瓶酒喝完了。

王国平唱起歌来。王亮是第一次听王国平唱歌，真难听呀！但这歌声却是从爸爸心灵深处迸发出来的。

"只要人人都献出一份爱，世界将变成美好的人间……"

王国平反复哼唱着这首歌。王亮知道，爸爸醉了。他渐渐觉得，自己的心也一点一点温暖着。他的眼睛里汪满了泪水，跟着爸爸的歌声哼唱起来。父子俩的歌声，宛若农民面对着秋季丰硕的果实。

春送走了冬，夏又绿了春，秋刚把夏染成金色，白色的冬天又来了。一日一日，一月一月，一年一年，王亮已长到十八岁，出落成一个虎虎生风的少年。

又是两年过去了。

两年里，王亮和这些少年们，像一队远行的人，踏着学习文化和艺术的路，怀揣着自己的梦想，百折不挠地继续前行。

这一天，王亮收到了心仪的大学的录取通知书。

录取通知书上那亲切的话语，如和煦的春风，增强了他的信心和勇气：“对有困难的同学，我们将会提供助学贷款进行资助。你们正当青春年华，完全可以透支一点点未来。”祖国的教育事业如此兴旺发达，如此体谅民情，我们还有什么理由不努力学习，不尽情挥洒自己的青春呢？

龙龙这位外星的少年，在王亮刚满十八岁时，就消失了。或许是奔向他的星球，或许变幻了形态，仍然待在地球上。

张有财更老了，得了老年痴呆，分不清时光晨昏，除了闫文华、王国平和王亮，所有的人都不认识了。这个孤老头儿，晚年有了儿子王国平，有了孙子王亮，父子俩把他照顾得妥妥当当。

闫文华虽说退休了，但他退而不休，将工作的阵地转向各个社区，成为社区居民们眼中的“男神”。他工作四十多年的龙江文化站为本地赢得了“中国民间文化艺术（龙舞）之乡”的美称。

李虎，这位眼中有光的老师，成了远近闻名的教学能手，他倡导的“学习互助组”获得了师生们一致的好评，并在全市范围内推广。

王国平的精神状态一直很稳定，专心研制龙舞道具制作技艺，结合舞龙舞狮队演出的实际情况，主要对草龙、板凳龙、握杆龙、彩龙等类别，从备料、扎制骨架、连接、裱糊、彩绘等过程，进行精心制作，尽力培养技艺学员。

龙江文化站的工作人员，在政府和相关职能部门的领导和扶持下，成立了几支少年舞狮队、舞龙队，他们中有问题少年、残疾少年、流浪儿、孤儿，还有许多农村贫困家庭的孩子。在艰苦的条件下，他们刻苦训练、勇敢追求，尽可能地为民间艺术拓展展示舞台，在全国和省市比赛中，多次获得表彰奖励。从他们身上，大家看到了希望，看到了未来。相信“舞龙舞狮”一定会舞得长久、走得更远。

新一天的太阳升起来了。在这个新时代，这颗巨大的万古不衰的星球，依然照耀着世界，使天地万物获得了勃勃生机。

后记：采撷一束温暖的光

儿童承载着未来，但留守儿童和问题儿童的难题一直是我们的社会之痛。作为一名写作者，持续地关注这些儿童，不断思考家庭和学校教育，以及社会大环境对他们人生的影响——这是我近些年一直在做的事。我希望为孩子们讲述温暖的故事，为需要帮助的弱小心灵，凿开一道缝隙，透进温暖的光亮。我希望将阳光快乐、积极进取的理念，融入我的创作内容中，既传递出正能量，又使孩子们能够轻松自然地接受。我更希望将成人世界里的某些坚硬冷酷，转化为儿童世界里才有的爱与美。

儿童是具有独立思想的生命个体。孩子无法选择出身，每个孩子的成长环境也千差万别、各不相同。不同的成长环境，就会面临许多不同的问题。

《迎着光往上游》是一部关乎梦想与勇气的励志小说，叙述的是一个有唇裂疱疹的弃婴，得到社会关注，通过自身努力，实现梦想的人生经历。这是一段自强不息、昂扬奋斗的生命历程，传递给人们的除了心灵的震撼，还有深深的感动。

小说的一号人物王亮、二号人物闫文华，都实现了自己的梦想。生活的困难、社会的困扰，都没有阻挡他们前进的步伐；勇往直前、披荆斩棘、努力奋斗，是他们永恒的主题。主人公王亮尽管没有亲生父母的关爱，却得到了养父王国平、老师和长辈们的呵护关心。长辈们心存理想，克服困难，一路前行，对王亮也是很好的榜样和鼓舞。

艺术源于生活，又高于生活。艺术将生活层层剥开，发现生活的真相或者是本质，并将其展现出来。小说中的主要人物在生活中都有原型。主人公王亮的生活原型是汉中市的弃婴林某某，五个月大时被亲生父母抛弃，被好心的捡垃圾的人收养。在八岁时，他才知道自己的身世。到了该上学的年龄，因为没有户口，加上身体有病，一直入不了学。汉中林某老师偶然发现了在废品堆旁看书的林某某，一方面四处联系有关部门，一方面号召亲友学生献爱心，给予林某某极大的帮助。汉中日报社资深记者王某老师深入了解并及时报道，引起社会各界的广泛关注。省、市、区领导得知后，曾先后多次批示，要求有关部门关心他的学习、生活，帮助解决困难和问题。经过相关部门的协调，林某某的上学、户口、生活、住房等问题都得到顺利解决。林某某身上有许多优点，也有许多缺点，但是，他很珍惜来之不易的学习生活环境，从小就爱党爱国爱家，勤奋努力，乐于助人，渴望长大了做个对社会有用的人。

故事中闫文华的生活原型是汉台区基层文化站的工作人员闫克元，刚刚退休，但退岗不退业。四十一年前，刚刚二十岁的他，一人来到刚成立的汉台区龙江文化站，这里缺人少经费，无固定办公场所，四处租房。没有经验的他有一大堆的“烦恼”：文化站怎么建？怎么生存？农村文化工作如何开展？怎么建设出富有地域特色的文化站？带着这些“烦恼”，他用一颗赤子之心，以燕子衔泥垒窝的方式坚守至今。四十一年后，龙江文化站破茧重生，不仅拥有了五层楼的活动场所，还挖掘、保护了当地濒临消亡的龙舞文化，所在乡镇被文化部命名为“中国民间文化艺术(龙舞)之乡”，名扬海内外。岁月使他从一名青春少年成了花甲老人，但在前行的路上，他始终不改初心，用一腔热忱坚守着农村文化事业，保护、传承非物质文化遗产，走出了一条独具特色的基层文化事业创新发展之路。

小说中的其他人物，在现实生活中也多有原型，只是因为篇幅和故事情节的需要，多有取舍整合。他们在各自的岗位上勤勉地工作着、付出着，在各自的生活中经历着喜怒哀乐、悲欢离合。也许他们默默无闻，但是他们身上，依然闪现着正直、诚实、质朴、善良等人性的光辉，让人感动。

最初这部小说取名为“天亮了”，结稿后再三斟酌，更名为《迎着光往上游》。人最关键的是努力让自己活成一道光，纵使活不成太阳，哪怕活成一点烛光，也是非常有意义的。无论是小说里的闫文华、老中医、王亮、李妮，或是现实生活中的闫克元、林某某、王某某等等，虽然各自境遇不同，生活辛苦，但熬下去，扛起来，就有光。生而为人，人生各有沉浮，迎着光往上游，努力把自己活成光，能照亮自己，温暖他人，就是生活的英雄。把自己活成一道光吧，让接近你的人都感觉到温暖，让接近你的人都因为遇到你而变得更美好、更幸福、更快乐。

对于少年儿童，我们每个成年人的社会责任是什么？这是值得深思的问题。对于从事儿童文学写作的人来说，更要传递给孩子们健康向上的世界观、人生观和价值观。众所周知，家长是孩子的第一任老师，也是最重要的老师；留守儿童和问题儿童的家长在这方面是严重缺位的，一个孩子的问题背后，也是他家庭的问题。孩子、教师、家长和社会是教育事业的基本组成部分，各有责任，缺一不可。他们的关系犹如行船：社会是汹涌澎湃的河流，孩子是激流中逆流而上的小船，教师是岸上的纤夫，家长是船上的舵手。让小船安全到达目的地，是大家共同的责任和目标。

我祈愿能用文字创造出一方充满爱与宽容的天地，让孩子们深信爱是比痛苦忧伤贫穷更强大的力量，给那些如初雪一样纯净、稚嫩的心灵以温暖，以抚慰；我祈愿孩子们能感受到梦想的美好，相信只要勇敢、只要努力，就有可能打破坚硬或冰冷的现实，并愿意为梦想去不懈奋斗；我祈愿这世界再多些发自心底的良善，多伸出些互帮互助的手，使孩子们纯真的天性更能向善向上，在平凡的生活里也能绽放芬芳的花朵。

宁慧平

写于古城汉中